季刊

ーぐる

の海へ

38号

特集　追悼　藤富保男

◆詩作品

◆連載

表紙絵　藤富保男「あるピアニストの休日」

特集

追悼　藤富保男

叫んでいると
あなたが返ってくる
右と左がぼくであって
前に後にあなたがいて
呼んでいると
ふと　ぼくだけである

（『笑門』「夕方の競技場」より）

わかれ

藤富康子（藤富保男夫人）

は私より二年先輩の着任である。

新米教師の私が教材の参考資料にポール・ヴェルレーヌの詩で上田敏訳の〈落葉〉を謄写印刷していると、傍を通りかかった西洋乞食氏が目を止めて、

〈秋の日の　ヴィオロンのためいきの　身にしみて　ひたぶるに　うら悲し　か――あ、これボードレールじゃないよ、ポールヴェルレーヌですよ。でも、ちょっと古いな」

ギョッとして謄写し終えた束を見ると、正しく似たような名のウロ覚えのまま資料を見直すこともせず、さっさと明日の授業で配るつもりの大失敗。ドオーッと汗が吹き出る。

「藤富先生ありがとう。明日大恥かくところだったわ。名前似てるンですもの、間違えちゃった」

折角刷り終えて帰るつもりが、やり直しの鉄筆を握る。新米教師の幼稚ないいわけなど聞くものかは――彼はすでにサッカーの群の中で走っていた。

「今日午後の授業ありますか、現代詩人会の会があるンですよ、詩人が大勢来ますよ、行ってみませんか」

丁度午後からの授業のない日で、早退すればいいンだから行ってみたい。教科書に出て来るような詩人の本物に会える

「藤富クンと深く付き合っちゃ駄目だよ」

「――」

「結局アンタだけがキリキリ舞いすることになるンだから」

黙って頭を下げると、教頭先生はクルリとパイプの煙ごと後ろを向いて無言。

授業中の職員室には空き時間の私のほかに一人か二人がいたか、どうかの閑散ぶりを見越しての手招きであった。心外な忠告である。〈なぜあんなことを言われるのだろう。そんなに親しくしているわけでもないのに、そんな付き合いかたしてません！　ナニよ、あんな西洋乞食と誰が深く付き合うもンですか。失礼な！　見損なわないで――〉

心の中でプンプン怒りながら、ガリガリとガリ版切りをつづける。

いみじくも生徒がつけた仇名が西洋乞食の藤富先生は英語の教師で私は国語。机の位置が向かい合いでも、互の机上の戸棚や教材資料・教科書・生徒の提出物の山などで遮られて、顔も見えない向かい合わせ。彼は隣席の体育教師と親しく、放課後は二人ともグラウンドにしかいない。片やサッカーで片や鉄棒で大車輪などと、男子生徒の中に紛れている。彼ら

らしい――新米教師は誘われて何の衒《てら》いもなく教頭にその旨申し出ると、国語教師の勉強のため、の名分も立って午後からは二人で都心の会場へ向かう。彼は北川冬彦の詩の会に入っていて詩を書いているらしい。高名な詩人の名がポンポンと口を衝いて出てくるのだ。唖然として風采の上がらないこの珍妙な服装の男に付いて歩き、会場がどこであったか、どれが高名な詩人であったか、などは全く記憶に残っていない。ただ記録から見ると当日は第二回目のH氏賞授与式があり、長島三芳という詩人が会長の北川冬彦氏からこれを受けるセレモニイがあったのだが、仰々しい式次第があったわけではなく、和服の着流しの会長がその懐ろから、ちり紙でも摘まみ出すように取り出した金一封らしい懐紙包みを、ヒョイと渡して会場の拍手裡に終わったという印象しかない。荘重な式次第など全くなくて、すぐさま何人かの詩人の講演が続いたのだったが、こういうところが現代詩人らしい〈乾《かわ》いた感覚〉なのであろうか、と納得させられたのだったが、情けない程記憶にない。ただ新米教師の日常性からは遥かに飛躍した高度な次元に遭遇しての高揚感を覚えていたのは確か。

夕暮れの銀座通りを歩き、小さなバーに案内されて「カクテルでも飲んでみますか」と運ばれて来たきれいな緑色の甘いお酒からはペパーミントの香りがして、おいしかった。

初めてのこういう場所で、西洋乞食の名を負うとはいえ若い男の人と、こわごわカクテルグラスをつまんでいる私を、私は、月刊誌の小説の中の登場人物風にも感じて、ちょっといい気分にもなっていたことは確かである。

翌日、何と挨拶したものか、と目ばかり泳がせて黙っていると、向こうも全くの知らんぷり。持参のポータブルタイプライターを叩きつづけていた。

緊張感のつづく教師生活になかなか馴染めず、体調不良から二・三日欠勤すると、「これはお見舞いのハガキです」とだけ色鉛筆何色かで描いたハガキが届いたりもした。

激痛を止める劇薬のせいか、入院して間もなく幻覚症状のつづく夫は、ベッドサイドに妻の私の姿を認めると、安心したように叫んだ。

「試合終了っ、ボール集めて整列っ」

「ゼリー作って来たのよ、食べてみて」

「生徒のサッカーまだ終わってない、あとで」

病棟の面会時間の間中、私は黙って狂気の中の夫を見詰めている日が多くなった。だがちょっとした正気の時には、普段は見せたことのない気弱な表情で呟くことが多かったが、次第に声が小さくなり聞き取りにくくなって行くので、主治医に病状の不安を訴えつづけたが、明確な処置法もないらしい。本人は無性に家に帰りたがった。私は迷った。家に病院からの電話ほど不安なものはない。

「どうしても奥様を呼んでくれと言われるので規則では出来ないのですけど、私の携帯でかけてます。ちょっと声をかけて上げて下さい」などいう看護師さんからの深夜の電話を何回受けたことか。遂に主治医からの提言で「一度家に帰ってみますか、気分の変る転機になるかも知れませんし」の言葉に息子二人の希望から八月三十一日の一泊帰宅が実現した。そして――

「冥土への道は坂道で舗装していないンだ
そんな呟きも遺して九月一日午前八時十二分
藤富保男は永眠いたしました。春以来の体調不良と胸背部の激痛は「転移性骨腫瘍」の診断にて、七月五日入院。
八月三十一日には経過安定により一泊の帰宅が許されて当夜のサッカー日本対オーストラリア戦をベッドに仰臥のままテレビ観戦。日本の勝利に大満足して安らかに寝に就いた翌朝の急変でございました。八十九歳十六日の生涯となりました。
九月三日家族のみにて葬儀を済ませました。」
（死亡通知挨拶状より）

六十七年前の中学校教師時代の出逢いから始まって、彼の詩の世界には絶対に入らないよう自制して過ごした六十二年間の結婚生活に、幾度キリキリ舞いをしたことか、させられたことか――。お互の違いが人生を多彩に弾みあるものに仕立てた気がして、今以て彼が死んで私の周りからいなくなった気がしないのである。わかれの実感は、今も、まだない。

エストニアで「藤富保男展」開催。
同国を訪れた際のスナップ。
2005年6月。77歳

サッカーのユニフォーム姿で。
目黒五中の会にて。2007年10月。79歳

はじめに――藤富保男追悼特集に寄せて

高階杞一

二〇一七年七月中旬、藤富さんからハガキが届いた。拙著『夜とぼくとベンジャミン』へのお礼状だった。でも字が違う。いつもの丸みを帯びた独特な藤富さんの字ではない。変だなと思って差出人名を確認すると、奥様からだった。書面に目を通し、驚いた。「七月五日朝、緊急入院いたしました。以前手術の後も元気でしたが、ガンが再発したらしく、ただ今薬の作用で意識混濁気味です」とそこには書かれていた。

これは大変だと、すぐさま電話をし、お見舞いに伺いたいと申し出たのだが、未だ意識混濁気味とのことで固辞された。それでは病状に変化があったらお知らせくださいと伝えて電話を切った。それから二ヶ月、電話がないので、順調に回復されているものだと思っていたのだが……。

藤富さんと出会ったきっかけは、まだ詩を書き始めて間もない頃に創刊した「パンゲア」という同人誌だった。その巻頭に「一篇の詩」と題して、毎回同人が自分の好きな詩を紹介していた。七号（一九七八年）で僕は藤富さんの「お」（『魔法の家』）を選んで載せた。そしてその号をお送りしたところ、藤富さんから丁寧なお礼のハガキが届いた。それが現在に至るまで続く長いお付き合いの始まりとなった。二年後の八〇年には第一詩集『漠』の帯文を頂いた。ちなみにこの詩集名を「漠」としたのは藤富さんの提案だった。自分では集中の一篇を取って『「る」の風景』にしようと思っていたのだが、原稿を事前に読んでくださった藤富さんから、こちらの方がいいのではと提案された。氏にしたら『「る」の風景』というのはいかにもあざといと思われたのだろう。記念すべき第一詩集がこのような助言を受けて世に出たのは幸運なことだった。

第三詩集『キリンの洗濯』（一九八九年）の時にはさらにお世話になった。どこから出すか迷っているとお話したところ、自分のやっている「あざみ書房」から出しませんかと言われてお願いすることにした。表紙の絵からページ割りまで、こちらの無理な注文を快く聞いてくださった。そしてこれまた幸運なことに、翌年には本書でH氏賞を受けることになった。しかしその前、発刊後まもなくの頃、朝日新聞朝刊の全国版に本書が取り上げられ、藤富さんの家には朝から注文の電話が鳴りやまなかったと後日お聞きした。社員がいるわけでもなく、個人で運営されている藤富さんはさぞ大変なことだったろうと思う。書店の取り次などないので、急遽売上スリップを作り、それをひとつひとつ本に挟み込まれていったとのこと。さらに何百箇所への発送と、そんなことを師とも仰ぐ方にさせていると思うと、なんとも申し訳なく思われた。『藤富保男詩集』（思潮社・現代詩文庫）の解説で鍵谷幸信さんが、「藤富保男についてまずいえることは、彼がおそるべき『キチョウメンさ』をもった男だ、ということである。このキチョウメンさはおよそ言語形容を屡々絶する。切手を貼る時、彼はその位置を物尺で計って貼る。寸分の狂いもない」と書いている。この「キチョウメンさ」を実感したのは、藤富さんから届く『キリンの洗濯』の売り上げ報告だった。住所・書店名（個人の場合は氏名）・受け付け日・冊数・掛け率・送付日・入金日・入金額などが一覧表にしてびっしりと書き込まれている。さらに必要経費まで別表に事細かく記されている。見ているだけでこちらは気が遠くなってくる。ここまでしてもらわなくても結構です、大まかでけっこうですと何度も申し上げたのだが、これは変わらなかった。たぶんご自身で、ここまでしなければ気が済まなかったのだろう。まさに〈おそるべきキチョウメンさ〉である。

ともあれ、こんなふうにして藤富さんとのお付き合いも年を経る毎に密になっていった。出張で上京した折などは連絡をして会っていただいた。たいていどこかの居酒屋で飲みながら話をすることが多かった。年に二回ほどは会っていた。それなのにどんなことを話したのか、今はほとんど記憶がない。話の内容は忘れても、ただただ楽しかった思い出だけが残っている。

藤富さんが七十代中半を超えられてからぐらいだろうか、体調を崩されてあまりお酒も飲めなくなったということなので、それからは上京してもお誘いするのを控えるようになった。久し振りにお会いしたのは、二〇一〇年五月、日本現代詩人会「日本の詩祭」において先達詩人の顕彰を受けられた時だった。壇上の藤富さんは苦虫をかみつぶしたような顔をされていた。権威的なものが嫌いな、いかにも藤富さんらしかった。壇上を降りられて、周りの人と雑談されていた藤富さんに後ろから声を掛けると、振り返り、「やあ、高階さん」と途端に顔を崩された。そのときの笑った顔が未だに忘れられない。

最後にお会いしたのは、二〇一三年四月、三好達治賞授賞式の時だった。受賞した拙著『いつか別れの日のために』の紹介スピーチをお願いし、わざわざ大阪までお越しいただいた。もう足腰が弱られているのは承知していたが、どうしても藤富さんにお願いしたく、無理を承知で来ていただいた。それなのに、こちらはバタバタしていて、ゆっくりとお話しできなかったのが今でも悔やまれる。

奥様から訃報のハガキが届いたのは九月十二日のことだった。そこには九月一日に永眠したと記されていた。言葉が出なかった。

翌月の十七日、所用を兼ねて、ご自宅に伺った。仏壇には笑っている藤富さんの写真が三葉ほど飾られていた。伺う前に、仏壇に手を合わせたら泣いてしまうかもしれないと思っていたが、涙は出なかった。遺影を前にしてもまだ藤富さんが亡くなったとは思えなかった。振り返ったら、「やあ、高階さん」と笑いながら、藤富さんが現れるように思われた。

＊

【追悼特集　編集に当たって】

藤富さんについての特集は本誌2号「モダニズム・異端の系譜　北園克衛から藤富保男へ」で一度やっている。この時は北園克衛とのセットであったが、藤富さんだけについてもけっこう深く掘り下げた内容になっている。論考・作品抄・瞬画・年譜・著作一覧、さらに十三ページにも及ぶインタビューも掲載している。そうしたこともあり、今回はあえて論考的なものは外した。純粋に藤富さんを偲ぶ号にしたいと思い、氏と親しかった方々に思い出を中心としたエッセイを寄せてもらうことにした（城戸朱理氏の原稿は論考とした）。

作品抄では2号とダブらないようにした（「クイズ」だけは外せないと思い今回も載せることにした）。各詩集から最低一篇をと思ったが、詩集によっては長い作品ばかりのものがあり、ページ数の関係で残念ながらそれは叶わなかった。また今回、「藤富保男の詩学」と題して、エッセイ集等から重要な言葉を抜粋して掲載した。ここから藤富さんの詩に対する考えがおおよそ分かってもらえるのではないかと思う。

「思い出のアルバム」では夫人から写真をお借りして、若い頃から晩年に至るまでの変遷が分かるようにした。

年譜については2号に掲載した自筆年譜を元に、高階が加筆修正した。当初三ページに及んだが、これもページ数の関係で二ページに圧縮せざるを得なかった。また機会があれば、さらに加筆修正した年譜を発表できればと思っている。

最後に一言。藤富さん、大変お世話になりました。そして、ありがとうございました。

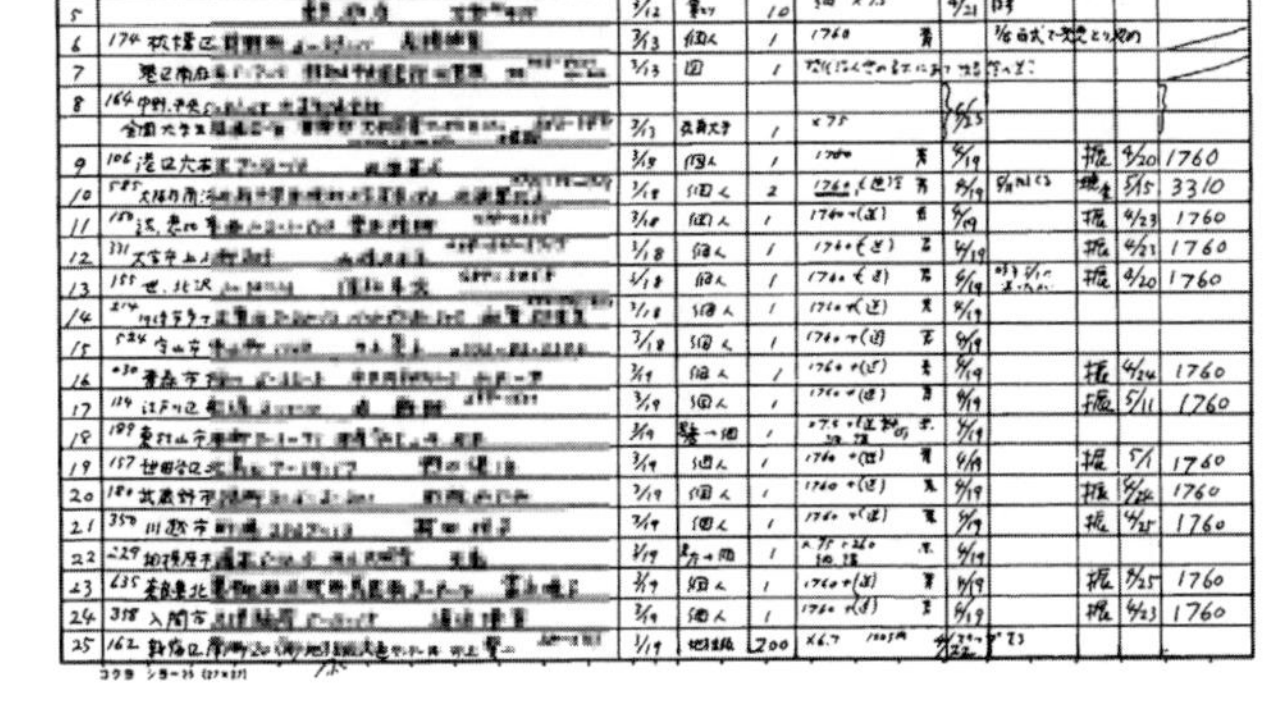

『キリンの洗濯』売り上げ報告書

奇跡のようなこと

城戸朱理

藤富保男は超然としている。あらゆる出来事に背を向けるようにしながら、あらゆる出来事に深く関わるかのように。

実際のところ、その軌跡を追うならば思いがけない藤富保男の姿が立ち上がってくる。藤富さんが、わが国のコンクリート・ポエトリー（具体詩）の創始者、新国誠一とともに芸術研究協会を創立し、機関誌「ＡＳＡ」の刊行に携わったことは、もはや戦後の前衛運動の伝説だが、新国誠一がひそかにライバル視していた北園克衛も、藤富さんには心を許していたという証言がある。さらには、藤富さんは、西脇順三郎が自宅で催していた自作解説の会、通称「西脇ゼミ」の一員でもあった。

わが国に超現実主義《シュルレアリスム》をもたらした西脇順三郎、前衛グループ「ＶＯＵ」を率いて、日本のヴィジュアル・ポエトリー（視覚詩）の先駆けとなった北園克衛、そして、コンクリート・ポエトリー（具体詩）の創始者、新国誠一。あろうことか、藤富保男は、日本の主だった詩の前衛運動のすべてに関わりを持っていたことになる。しかも、そのすべてから微妙な距離を取りながら。三人の詩人の磁場の強さを考えるならば、それは、危機的な均衡のうえにしかありえない立ち位置であり、驚嘆に値する。そう、藤富保男は、そうしたところにありながらも、誰かの影響下に身を置いたわけではなく、藤富保男でありつづけた。西脇順三郎は英文学者でもあっただけに、およそイギリス的なユーモアやイロニーを重視したが、それは藤富保男にあっては、江戸情緒をたたえた落語的な感覚へと変容し、新国誠一のいささかリゴリスティックなコンクリート・ポエトリーは、余白に笑いを孕んだ線描画に変換される。それが私たちの知る藤富保男であるわけだが、その詩については、いまだに語られていないことがある。それは、田村隆一や鮎川信夫らの「荒地」や関根弘らによる「列島」といった狭義の戦後詩と藤富保男の距離によって生じたものでもあるのだろう。

たしかに、藤富保男の詩には、「荒地」の詩人たちのような思弁的な要素や、「列島」の詩人たちが重要視した社会性は見当たらない。そのことが、藤富保男と戦後詩の距離に見えるわけであって、その作品を状況論のなかで位置づけることを難しくしていたのは否めない。端的に言えば、戦後という時制のなかにあっては、藤富保男は傍流の詩人に見えたのである。しかし、それは過ちなのではないか。

これは私が企画・監修をつとめるテレコムスタッフ制作のアート・ドキュメンタリー「Edge」に出演していただいたときに、藤富さん本人が語っているのだが、敗戦の色濃い一九四五年の夏に、藤富さんは列車で広島を通過したのだという。一切、外を見ないようにという指示があったが、貨車の隙間から覗いてみたところ、広島市街があったはずのところには、ただ瓦礫が広がっていたそうだ。それは広島に原爆が投下された翌日、一九四五年八月七日のことだったという。

その時代を生きた者なら、誰であっても戦争と無縁でいることは出来ない。藤富保男もまた、強烈な体験をしているわけで、詩人は、そこから戦後という時間に『コルクの皿』(一九五三)によって詩的出発を遂げたわけである。

軍国少年として戦時中を過ごした新国誠一は、日本人が戦後、「一億総懺悔」のかけ声とともに民主主義を声高に語り出したとき、言葉というものが信じられなくなったことを語っている。言葉の意味への不信感が、言葉から意味を徹底的に削り落とし、言葉を裸にするコンクリート・ポエトリーを創始した契機となったわけであり、藤富保男は、決して、そうしたことを語らないが、しかし、同じような経験をしたであろうことは疑いえない。言葉の意味を疑い始めたとき、思想や社会的な問題を言葉で語ることも意味を成さないものとなる。そうしたとき、藤富保男は、むしろイメージを立ち上げる詩的方法を模索したのではないだろうか。つまり、藤富保男の詩とは、戦後という時代に向かい合ったところから始まるものであり、もうひとつの戦後詩であったということができるだろう。

そのスタイルが、いわゆる戦後詩的なものではなかったとしても、藤富保男もまた彼なりの「戦後詩」を書いたわけであり、その特徴は、次の二点に集約される。

まず、その詩がイメージの喚起を主眼としていることである。二十世紀初頭の英語圏の前衛運動を主導したエズラ・パウンドは、わが国の俳句から発想を得て、新鮮なイメージを発見することこそ詩人の仕事であると語り、イマジスムを提唱したが、藤富保男は、パウンドの語るイメージを、図像的、絵画的なものとしてとらえた。それゆえに藤富さんは、自らの線描画も「詩」であると語ったが、これは冗談でも何でもなく、彼にとって詩とは、創造することではなく、発見するものであったことを意味している。そのことを端的に語ったのが「この世は詩の材料で充満している。ありすぎるから選ぶのに苦労する。そして選ぶ行為が詩自体である」(『一発』)という一節だろう。それが、マルセル・デュシャンから始まったコンセプチャル・アートに通底する詩的思考であることは言うまでもない。

もうひとつは、その詩が非‐意味を志向するように見えながら、実は日常性の逆説として意味を結び、一般的な常識を崩壊させるとともに、日常に亀裂をもたらすものであることだろう。

ここで「逆説」のために機能するのが、藤富作品を特徴づけるウイットでありユーモアであるわけだが、それは七八歳にして刊行された『逆説祭』にも遺憾なく発揮されている。

実際、藤富保男の詩は、どうしたらこんなことが思いつくのか見当もつかないほど、斬新な発想に満ちているが、詩人自身が、その方法論を秘密にすることなく語っている。

世の中には「なさそうであること」と「ありそうでないこと」がある。藤富さんによると、渋谷で偶然、田中一郎という名前の人に出会うのが「なさそうであること」、そして、電車に乗ったとき、各車輌に田中一郎さんがひとりずつ乗っているのが「ありそうでないこと」なのだそうだ。そして、「ありそうでないこと」が詩にほかならないと藤富さんは語っているのだが、その詩は、たしかに「ありそうでないこと」が行列しているかのようで、異能の詩人の面目躍如たるものがある。

重要なのは、「ありそうでないこと」とは、いかにも起こりえるように常識的な響きを持ちながら、実際は、決して起こりえないことであることだろう。つまり、現実には起こりえないことが、藤富作品のなかでは、つねに起こっているわけであって、それは必ずや現実を異化せずにはおかない。

日常生活のなかで見慣れてしまった言葉は、私たちに何の違和感を与えることもなく、およそ自動的に意味を伝達する。しかし、そのとき、言葉そのものは知覚されているわけではなく、一陣の風のように、人間の意識を通り抜けていくだけであって、私たちの日常とは、そんなふうに風に舞う枯れ葉のような言葉とともにある。しかし、藤富作品においては、たとえ平易で、ごく日常的な言葉であっても、つねにある種の抵抗とともに——それは笑いを伴うことがもっぱらなのだが——私たちに意外な衝撃をもたらす。それは反転した世界のようでもあり、重力から解放された世界のようでもあるのだが、現実が虚数と化し、虚数化した世界が現実を笑うかのようでもある。

それにしても、「田中一郎」という名前も、いかにも藤富さんらしい。この名前も、いかにもありそうだが、実は、あまり出会うことがない名前なのではないだろうか。

また、「田中一郎」という名前は、藤富さんが朗読作品として選ばれていた長篇詩「狂詩曲・鈴木清」を思い起こさせる。日本現代詩歌文学館で藤富さんの「鈴木清」の朗読を初めて聞いたとき、私は衝撃と笑いで七転八倒したが、およそ藤富保男以外の詩人には書きえない作品だろう。「狂詩曲・鈴木清」は、あまりに長すぎるので紹介できないが、人名だけで、詩的物語を展開できるあたりは力業としか言いようがない。誰が「鈴木清」という個人名を連呼する詩を書こうなどと考えるだろうか。

ここでは、『逆説祭』から「連鎖」を引用してみよう。

ビルの上から
雨のかわりに傘がふってきて一人が驚いた
もう一人は　傘という字に
四人の人がかくれていると言って　さらに驚いた
次の一人は驚くふりをして
顔の皺を引っぱっておどろく真似をした

今日は低気圧が西日本一帯をおおい
裏日本でも各地で　昼すぎから
ところによっては　猫がでるでしょう

連鎖しているのは「驚き」だが、一人目がビルから傘が落ちてくるという「なさそうであること」に直面して驚くのに対して、二人目は、「傘」という漢字の象形性に着目して驚き、三人目になると驚く真似をするだけで、ここに至って、連鎖してきた「驚き」は無化されることになる。

　いったい何が起こるのかと次の連を読み進めると、書き出しの一行目と呼びあうかのように天気予報が始まる。しかし、「昼すぎから／ところによっては」という常套句に続くのは「猫がでるでしょう」という、あまりに唐突な詩句なのだ。

　それは、裏日本でなくても、猫くらいはどこにでも出るだろう。しかし、天気予報の文脈を見事なまでに踏み外すことによって、今度は読者が爆笑とともに驚くことになる。そう、この詩においては、「驚き」が連鎖していく四人目は、この詩を読んでいる読者なのだ。

　まるで、詩集のページから詩が現実に踏み込んでくるかのようで、私の好きな一篇だが、こんなことを本気で考えていた藤富保男という詩人のことを考えると、考えること自体が馬鹿らしくなってくる。

　藤富作品は、およそ解釈というものを要求しない。

　その全詩業を集成する『藤富保男詩集全景』の栞には、安藤一郎による第一詩集『コルクの皿』の書評が再録されているのだが、そこでの評言は、今読んでも正鵠を得たもののように思われる。一部を紹介しておこう。

> この若い詩人は、抽象芸術—非形象絵画の理論を、詩の中に、そのまま持ち込もうとしている。「僕が、今、詩の上で試みている方法は、言語によって一つの空間の作成することである」と彼は後記に述べている。（中略）
> そこで、藤富は結局、「言語を信用しない」で書く「言語による言語の像」を企てていることになる。

　「言語を信用しない」、それは私が本稿で指摘した藤富保男の戦後性の根幹を成すものだが、同時に、論理や概念とは別に生成する藤富保男の詩的言語の探求の発端を成すものでもあるのだろう。『一発』において詩人は次のように語っている。「詩を考える、などと言わない方がいい。詩は『思考』する世界ではない」。この言葉が意味するところは、単純なものではない。藤富保男とは、詩がどのように存在しうるかを終生、追及した詩人であり、そのエレガントな実験は、笑いの影に驚くべき前衛性を秘めている。

日本現代詩歌文学館「パフォーマンス・ポエトリィ北上」2006年10月15日
（撮影：小野田桂子）

藤富保男との出会い

高垣憲正

藤富保男を知ったのは私が「時間」に参加した一九五三年だから、何と六四年も昔である。私は尾道で教員をしながら、夏休みになると上京して信濃町の合評会などに出席していた。ある時「同人の○○です」「会員の△△です」と自己紹介をしていると、黒縁眼鏡の大男がやおら座り直し、端然と両手をついて『『時間』の同人、藤富保男と申します」とやったので、笑い声があがった。本人、マジメを絵に描いたような顔をしていた。

酔って電車を蹴飛ばすと言い、北川冬彦が柔道の技で止めたとか、すでに伝説もあった。鍵谷幸信氏は「読書新聞」の一ページ全部使って奇人、変人、傑人と呼び、恐るべきキチヨウメンさも喧伝したが、会ってみれば物腰穏やかな、義理堅い紳士である。

ネオリアリズムを標榜していた「時間」で彼一人、場違いのような詩を書いていた。「VOU」グループと深く交流しながら、引っ越しなど考えたこともないと言う。その藤富氏の第一詩集『コルクの皿』は私にとって驚愕であった。彼は「高垣さんと僕と、そんなに違ってはいないと思う。ねらいに共通する部分があるから、僕には高垣さんの詩がよくわかる」と言う。ますます途方にくれた。

彼の四番目の詩集『正確な曖昧』（一九六一）では私が書評を書き、「時間」にゲストの北園克衛、鍵谷幸信と並んで掲載された。次の号に「詩集評のうち、高垣憲正氏の文には短いスペイスの中で、よく藤富氏の詩の秘密にメスを突き、全き理解をたすける名批評となっているのに気付きました。元同人A」という読者の声が載った。スペイスなどと書き癖からして藤富氏のイタズラ臭い。

私は多くの例を挙げて、〈針で射込むように読者の神経にぴりぴり触れてくる〉〈実験の青臭さを脱して藤富保男の生理に密着したフジトミ語〉と言った。一方で彼の言う《詩的冗談》を、現実のやりきれなさの裏返しの表現などと、いささかこじつけたきらいもある。

同じ年、私の初めての詩集『物』には本当に親身になってこまごまと相談に乗ってくれ、感謝のほかなかった。

六三年、藤富氏と私は前後して「時間」を離れ、彼は数名だけの「尖塔」に、私は尾道で出していた「流域」のみに拠った。遠く離れて会うこともなく、時に「近頃は濡れた雑巾みたいな詩ばかりはびこりやがって」などと、ピリリと効く手紙を貰った。

六七年、私が人数を絞った「蘭」を創刊する際、思いもよらず藤富氏から同人参加を申し込んできた。ほとんど毎号、詩か文章を書き、新しい仲間も紹介してくれた。「蘭」は現在86号、ちょうど五〇年続いている。昨年三月、85号の「ぼくの窓―ごく小さい詩論」がここでの絶筆となった。

家を訪ねたのが互いに一度ずつ。顔を合わせたのは十数回くらい。私に詩とは何かを常に考えさせてくれたのは藤富氏である。

壺中の天地乾坤の外

鈴木　漠

敬愛する詩人藤富保男さんが登仙された。

藤富さんの存在を知ったのは一九五〇年代の投稿少年の頃だった。詩誌『時間』を主宰した北川冬彦の現代詩啓蒙書『詩の話』（角川文庫）に影響されて現代詩に目覚めた私は、北川が選をする若者向けの月刊誌や受験雑誌ほかに投稿して選評を仰ぐ一方、『時間』の若手主要同人であった山田孝、沢村光博、高垣憲正そして藤富保男の各氏の作品から学ぶこと甚大であった。

しかし、諧謔味に溢れる藤富さんの詩の数々や、e・e・カミングズの翻訳については、しかるべき人が語るであろうから、ここでは、藤富さんと連句の関わりのみに特化して述べておきたい。

古書店で目にした幸田露伴の『芭蕉七部集評釈』で連句文芸（俳諧之連歌）を知り、歌人塚本邦雄から直々に連句実作の手解きを受けたのは一九七〇年代だった。活字表現（タイポグラフィー）としての連句創作をめざした私だったが、周囲を見回してみても、同調してくれる人はおいそれとは見つからなかった。ただ、北園克衛の句集『村』を編集刊行された藤富さんなら俳諧にご理解をいただけるはずだと直感したことと、藤富さんと同じく『時間』の仲間であられた尾道の高垣憲正さんは、当時私が親しくしていた水原秋桜子の高弟佐野まもるに、お若い時に同じ尾道出身の鷹羽狩行氏や石井峰夫さんとご一緒に俳句指導を受けたとお聞きしていたので、やはり『時間』のメンバーだった入間《いるま》の松本建彦さんをもお誘いしてクヮルテットを組み、暫く文音連句に熱中した。活字表現《タイポグラフィー》として私が編纂に関わった連句集は十三冊に及ぶが、その第一連句集『壺中天』（一九八三年、書肆季節社）から、藤富さんの加わった連句付合いの一節を例示したい。

歌仙**「藤浪の巻」**の初折ウラ6句目から、

ウ6　雨戸しめれば月挟むなり　保男（月）
7　幾何学に王道なくてそぞろ寒　憲正（秋）
8　　風呂に浸りて思案せしこと　漠（雑）
9　歩き果て春の野に寝て臍愛でず　保男（春）
10　　聞し召したる鼾のどけき　憲正（春）
11　青空に井戸あるごとし花の昼　漠（花）
12　　影折れのびて鳥居をくぐる　保男（雑）

（名残オモテ以下略）

ウラ6の藤富さんの句は、雨戸越しに愛でる満月を矩形に外接する円で表現、ウ8とウ9は風呂で思案するアルキメデス（歩き、愛でず）のユーレカ！（我発見せり）と続いて、藤富さん一流の遊びごころが垣間見える。

藤富さん晩年の詩集は『一壺天』という表札を掲げておられ、かつての連句集『壺中天』での連句体験を思い出してくださったことは間違いなさそうである。

藤富先生と奥成達と「gui」と

奥成 繁

「藤富保男を師と仰いでからもはや二十数年を過ぎようとしている。いま頃になってぼくはあらためて藤富保男の素晴らしさ偉大さを再確認することがやたらに多いことに驚く。それは何も詩作の中でというわけではなく、ぼくの全生活の日々の中で充分に再認識させられるのだ。ぼくにとって藤富保男は人生論の人間化である。観念の大きさ広さ、デモーニッシュな人柄、反逆精神の豊かさ、狂気とか興奮の中での醒めた真摯味、どれをとってもぼくの人間辞引としてもうしぶんない詩人である。」（「深夜酒場でフリーセッション」奥成達著、晶文社刊、一九八四年）

兄の奥成達が藤富先生と出会ったのは、北川冬彦主宰の詩誌「時間」だった。

「くしゃくしゃヨレヨレの上、長くゾロびくようなレインコートに登山帽、おまけに汚れたドタ靴なのだ。ビールは飲む、酒は飲む、酒の肴はムシャムシャ凄い勢いで食べる。路上にツバは吐く、駅のホームで立小便はする。大人しそうな外国人をみつけると喧嘩は売る。自分から言うのもおかしいが、まだ純心な中学生のぼくをつかまえて、屋台の飲み屋やヤキトリ屋へひっぱって行き、二級酒は飲ませる、ヨタはとばす、隣の水商売風のアベックの別れ話をきいては吹き出すといった按配なのである。藤富保男二九歳、ぼくは十五歳の思い出深いファースト・コンタクトの頃であった。」（前掲書）

時代は一九五八年。その後、二人はさまざまな活動を行い、一九七九年に詩誌「gui」を創刊する。「繁も何か書きなよ」と兄に勧められるまま、弟は駄文を重ねて今日に至る。

二〇一五年夏、兄の訃報を電話でお伝えすると、先生は「ぼくの葬儀委員長をやってもらうつもりだったのに」と呟いた。

二〇一六年三月の兄の追悼ライブの準備で、七十年代後半から八十三年までのコラムや対談をまとめた「深夜酒場……」を再読。ジャズを中心に刺激と挑発に充ちた内容は濃く面白く、現代にも通じる示唆に富む。詩の心得のない弟が無責任な言葉を並べるより、再録するほうが本稿の趣旨に合うのではないかと紹介した次第。

新宿ピットインでのライブを前に、仲間が一九八九年の「gui」28号で先生の作品「奥成達君のトラムペット」を見つけた。体調に不安のあった先生はライブに出席できず、弟はICレコーダーを持参し、ご自宅で朗読をお願いする。相変わらずの力強い声に、「元気だと思われてしまうんですよ」と照れたように微笑んだ。兄は長く「gui」誌上で北園克衛について論考してきたが、「ぼくにとっての〈詩の師〉は、三〇年来、藤富保男氏であり、その〈師の詩の師〉が北園先生であったといまでもぼくは思っている。」（前掲書）

そして、「gui」も今年四十年になる。振り返れば、すべてがあっという間……。

困った詩人　藤富保男の朗読と詩法

八木忠栄

日々送られてくる詩誌や詩集に対し、以前は感想や礼状をなるべく出すようにつとめていた時期が、私にはあった。しかし、年齢的に残り時間が少なくなるにつれて、親しい人か、よほど感動した場合にしか出さなくなってしまった。多くの人がそうなのかもしれない。

藤富保男さんは晩年近くまで、簡単なハガキでも必ずくれる人のひとりだった。会った時も「ハッ！」と驚いたような笑顔をされた。多弁ではなかったが、デンと存在感のある人だった。鍵谷幸信さんがかつて藤富論で「奇人、畸人、稀人、異人、変人、怪人、傑人」と書いた直後に、「おそるべきキチョウメンさ」と書いていたが、私もその二つを同時に感じていた。

藤富さんについての思い出がいろいろあるなかで、忘れられない場面がある。

詩の朗読会にご一緒したことが何回かある。正確な日時は忘れてしまったが、あれは法政大学での朗読会だったと思う。藤富さんがステージに登場し、おもむろに大きな紙を一枚両手で掲げて詩の朗読をした。朗読が終わると、今まで読んでいたその紙をクルリと裏返して客席に見せた。白紙ではないか！　今朗読した詩なんぞ、どこにも書かれていない白紙。客席のどよめき。何という詩だったかは覚えていない。それどころか、人を食ったその裏返した白紙の可笑しさとショックで、そのとき自分が読んだ詩も出演メンバーも、正確な記憶はない。〈畸人〉はケロリとしてソデに引っ込んだ。その〈出来事〉はその後、誰々のどんな詩朗読にもまさるショックとして、私の記憶に鮮やかに刻みこまれている。

もう一つの詩の朗読会。私は直接知らないのだが、藤富さんは「壇上に立つや一語も発せず、いきなり脱兎の如く壇上からかけ下り、戸外へあっという間に飛び出した」（鍵谷幸信）のだという。

二つの朗読会は、藤富さんが奇異なパフォーマンスを狙った演出なのではあるまい。本来の大まじめな藤富詩法そのものの延長と言える。藤富さんのことだから、他のやり方をした朗読会もあったにちがいない。ユクヮイ。

まず何もしないこと
しないから　何かするだろうと思わせること
どうぞ　だけを言って尻を引くこと　（「議譲」部分）

という詩が藤富さんにあり、「だます、ごま化す、はぐらかすことは詩を書く人間にとって、もっとも重要な責務である」「人のやらなかったこと、人の書かなかったことを、今までになかった方法論のもとで書くこと」（『一発』）とも大まじめに書いて実践していた。朗読のやり方も、これらの考え方の実践である。

多くの抽出しを持った、この言葉の手品師による生涯の詩的ゲームが、どんな仕掛けで私たちを地の涯までさらって行き、じんわり愉快がらせてくれたことか。残された作品は、今後も読者の心身に揺さぶりをかけてやまないだろう。困った詩人だ。

師匠と私とソクラテス

一色真理

一九八八年八月十四日、私は藤富保男師匠と初めて同じ舞台に立つことになった。

サティ弾きとして著名なピアニスト、島田璃里さんを中心とする世田谷美術館ホールでのコンサート・ワーク「サティのソクラテスによる自動記述式ポエム」のステージである。演出上、舞台にダーク・ダックスのような四人の詩人グループが必要だった。そこで島田さんとしばしば共演してきた師匠に加え、駆け出しの私にも出演オファーが来たのだ。

それをきっかけに私と藤富師匠とは、何度となく奇妙で愉快なステージ・パフォーマンスを、共に繰り広げることになった。たとえば初演の「ソクラテス」はこんな具合である。第一場では四人の詩人たちが自作の詩を朗読し、読み終わるそばからテクストを破り捨てていく。第二場ではその破片を争うように四人が拾い集め、第三場では互いに混ざり合ったテクストを改めて読み上げる。つまり、舞台上で偶然出来上がったテクストこそが、正しく完成された「自動記述式ポエム」というわけだ。「ソクラテス」には別のヴァージョンもある。第一場では百本以上の点滴が並ぶ会場で、詩人たち自身も点滴を受けながら、自作詩を朗読する(現代詩は病んでいるから?)。第二場では同じ作品のあちこちが「×××」と伏字にされている。最後の場では遂にテクスト全体が伏字で覆われてしまう。それでも詩人たちはもはや詩とは言えなくなったテクストを「ペケペケペケ……」と感情をこめて朗読するのだ。その間、島田璃里さんの弾くサティの楽曲《ソクラテス》が、感傷や悲壮感を排して淡々と演奏され続ける。

ステージにおける詩人たちのリーダーは、もちろん藤富師匠である。サッカーで鍛えただけに肺活量が私とは断然違う。マイクなしでもホールの一番奥まで声が通る。近づくと、ダース・ベイダーのようにグオーッ、グオーッと、彼の呼吸音が聞こえてくる。まるで歩くパイプ・オルガンだ。声量も表情も豊かな低音、心憎いばかりの演技力。ユーモアとエスプリの効いたテクスト。どれ一つとっても私にはないものばかり。

この藤富師匠と同じステージに立つのだから、いつもアドレナリン出まくりである。でも私達は芸人ではない。どこまでも詩人としての矜持を保つことが必要だ。その手前で一歩踏みとどまる大切さを、私は藤富師匠から厳しく教わったと思う。

師匠とは、祐天寺の画廊でのフィナール詩展に始まり、ヴィジュアル詩展、パリでのヴィジュアル・ポエジー展へと続く、ヴィジュアル詩運動でもご一緒した。日本現代詩人会の理事会でひっそり隣に座っていたこともある。私の編集する音楽誌に愉快な記事やイラストを寄稿していただいたりもした。師匠とは全く相容れない詩を最後まで書き続けてしまったけれど、でも藤富さん。私は永遠にあなたの不肖の弟子です!

さびしさと冗談を、宝石のように　北川朱実

顔が見えなくなる程笑った
そして急に石のように硬くなって
それから　また顔じゅうで話をして
それで満足した

（「顔」）

底なしのさびしさとやわらかな冗談が、交互に、息のように吐き出される詩に、不思議なほど心がほどけた。「私は未来について考えたことなどない。すぐ来てしまうのだから」といって笑わせたのはアインシュタインで、その冗談は、うすくさびしさをまとっていたが、二十代の頃から視覚と音による独特な詩法で、ユーモラスな詩を書き続けた藤富保男さんは、「詩の主題は、僕にあっては、いつも淋しさをかくす法螺か冗談であらねばならない」として、「言語」というものを、まるまるは信用しなかったという。

少しの退屈がおわり〃シガレットをくわえ／あなたは／自分の葬式を見ていた〃例えば／ナンセンスを集めて／火をつけ／1人で笑って／絶望するように

（「テーマ」部分）

つまらない記憶を燃やすようにタバコに火をつけ、人間の死を見つめるこの作品を読みながら、「詩にタバコを喫わせよ。一服していない詩はほとんど下痢のように忙しい」という作者の言葉を思い出している。ヘビースモーカーで、駅でも空港でも灰皿を探し回り、ビジュアル展のために出かけたパリの部屋は、煙でもうもうだったと聞けば、異国でほどけかけた姿が目にうかぶ。

一九九三年八月、同人誌「石の詩」（伊勢市）は、合評会に、念願だった藤富さんをゲストとしてお招きした。タバコの煙でたちまちかすんだ部屋で、藤富さんは、視覚詩の鮮烈なユーモアについて軽快に語り、そのあと、ふっと繊細な目をした。それが、煙にかすむ藤富さんとの初めての出会いだった。その後、詩集をお送りするたびに丁寧な感想をいただき、何度もお会いしたわけではないのに、私にとって藤富さんは、天空を巡ってさりげなく光を届けてくれる、昼の月のような存在だった。「詩に問いがあるのはとてもいいが、答は絶対に書かないこと。一部だけを見せて後向きになるのがいい」という言葉は深く心に残っているが、二〇〇〇年二月、パリの広大なペールラシェーズ墓地で、暮れかけた中を目を光らせ髪を乱し、背中だけになって一つの墓を探し回ったという藤富さん。いつも冷静だったあなたが、誰にも見せたことのない姿で、あの時、サティではない誰に会いたかったのですか。

パリ・サテリット画廊近くにて。
2000年2月。撮影：濱條智里

ウかんむりは帽子のかたち　金沢一志

親切にお付き合いしていただいたけれども、あらたまってなにかを尋ねたり教えてもらったりというやりとりは一度もない。雑談のなかにふいに現れる「あの人はああみえて、実はネ…」という思い出語りのようなものを耳にし、それらが堆積していくうちに転写されて、自分が体験したことのように思いこむというずるがしこい教授に甘えてきた。藤富さんが道をならしていたからいろいろなことに気楽に取りかかれたのであって、つくづく自分はトレイサーにすぎないと思う。

地理的な縁がある。藤富さんは緑が丘、ぼくは洗足池。ついでに北園克衛は馬込で新国誠一は雪谷大塚、なぜだかみんな東急線の周辺に固まっているから、藤富さんと場所や土地の話になるときはお互い註釈なしで通じるのだ。いまはない丸子多摩川園の遊具や大岡山の駅舎の話題で盛り上がったのは自由が丘でのことだったか。待ち合わせがいちばん多かったのは、渋谷の東急文化会館の三階か四階にあった地味な喫茶店だった。いまではヒカリエになって、喫茶店というものはなくどこもカフェと呼ばれる。渋谷の横断歩道をわたるとき信号がちかちかすると藤富さんは巨躯をゆらして走るのだが、それが周囲のだれよりも速い。あのダッシュ力はたいしたものだった。

藤富さんの詩を評することはひじょうにむずかしいし、頑張ってもたいしたことにならない。だって、一読したときのおもしろさが全方位的な武器になっていて、それ以上のことは出てこないから。身につけた厖大な知見をブレンダーにかけてこなごなにし、舌触りがいいところだけを味わわせてくれる。そもそも世界を解読したものが詩なのだから、それをヘタに解読してもしょうがない、藤富さんから教わったのはそういうことだ。勿体ぶった批評に毒されないよう堅牢に守られた牙城で書かれてきたのは、世界に通用する詩であり、また態度だったといっておきたい。

そうしたプライドは詩というより外国語に、さらにはことば自体に向けられていたのではなかったか。マチネ・ポエティクほど高尚には言わないが、外国語のおもしろさを心底たのしみ、日本語に写したり、ことばの齟齬や不思議をみつけてはこっそり遊ぶ。それでいて古くさいロマンを愛し、また洗練を好み、野暮なひけらかしや、でしゃばりが大嫌い、そういう人であり、そういう詩を書いた。

北園克衛は、詩人なんて一世紀に二三人もいればよく、残りはみんな読者にまわってもらったほうがいい、と書いたことがあった。そして《藤富保男君のような詩人は読者の方にまわってもらっては困る》と続けている。藤富さんの絶妙なポジショニングの価値に気づいていたのだと思う。

〝パンツの神様〟の休日

豊泉 豪
（日本現代詩歌文学館）

藤富保男先生のヴィジュアル＝線描画作品に「あるピアニストの休日」がある。

グランドピアノの大屋根がベレー帽になっていて、それを支える突上棒？がくねって人の横顔を描いている。ピアノの四本の脚は人間の足のような形で、その上に鍵盤が載っているが、鍵盤の下辺は真ん中くらいから左上がりになって、横全体の四分の三のあたりで上辺に吸収される。残り四分の一は動物の腹部か洋服の裾のように見える。鍵盤の上には楽譜があるが、広げられているというよりは、横っちょの帯にちょいと挟んであるといった雰囲気である。全体として見ると、ベレー帽を被り、眼鏡をかけて眼を瞑ったおじさんの顔をしたピアノのお化け！ということになるだろうか。

この作品がプリントされた絵はがきを先生から直接いただいた際、「透明なアクリルの額に挟んで玄関に飾れば…」などと余計なことを口走ったら、後日そのとおりの額を誂えて送っていただくという、まさにオネダリをした結果になってしまった。もとより、ぼくの家の玄関にそんなおしゃれなスペースなどなく、結局居間の箪笥の上に置いたのだった。ぼくは自分の軽口を恥じながら、いまもそれを横目にキーボードを叩いている。

「あるピアニスト」は、ピアノを極めることで、ついにピアノと一体化してしまったようである。ピアノの鍵盤は徐々にピアニストに吸収されつつあり、ピアノそのものになってしまったピアニストは、もうピアノを弾くこともない。帽子を被り、顔を真横にして心持ち斜め上を向き、何も考えていないようにして眼を瞑りながら、遙かなる音楽の神髄に耳を傾けている。もしかしたら、彼はすでに、ピアニストであったことすら忘れかけているのではないか。そう、古今無双の弓の名人が、弓のことを忘れてしまったあの物語のように。だとすれば、ピアノの沈黙は例えば4分33秒の間ではなく、ピアニストの休日とともにこれからずっと続くのだろう。

われらが〝ことばの達人〟もまた、もうことばを発することなく、永遠の休日に入ってしまった。ぼくにとってアクリル額の中の「ピアニスト」は、人間の深淵を縁取ることばそのものと化した、その人の肖像である。ときどき舌をペロッと出して、あのいたずらっ子のようなとびきりの笑顔を見せて欲しいと願うのだが…

そういえば、九州の柴田基孝氏が亡くなってから、そのご蔵書の受け渡しのため、大野城市の柴田家まで藤富先生にご一緒していただいたことがあった。その後、順子夫人のご依頼で、柴田氏の遺作集『別の場所から』を先生が編集発行した。夫人のご要望もあったが、『水音楽』『耳の生活』の詩人であった古くからの詩友のために先生がカバー画に選んだのも、「あるピアニストの休日」だった。

爽迷詩人、藤富保男さんへ

篠原資明

出会いそこねたというほかない人が、おそらく誰にでもいるだろう。わたしにとって、藤富保男さんは、そういう一人である。正直いって、詩壇に面識のある詩人は、ほとんどいない。別に詩人が嫌いというのではない。ただ、これという機会がない上に、いい年になっても人見知りで、誰かと会うとなると、つい構えてしまう癖が抜けないのだ。そんななか、藤富さんには、どうしてもお会いしておきたかった。それが、いまだに悔やまれる。

それでも藤富さんには、ずいぶん親しくしていただいたという思いがぬぐえない。そのきっかけは、拙著『心にひびく短詩の世界』（講談社現代新書）の中で藤富さんを取りあげたことにあったろう。とても喜んでいただいたようで、以後、詩集も含めた本や書簡をやり取りしたり、書評を寄せたり寄せられたりという関係が続いた。詩壇に疎い自分にとっては、ほんとうにありがたくも尊い存在だった。

詩の世界は、定型詩、偶成詩、方法詩に分類されるというのが、自説の主張である。伝統的な型に拠るのが定型詩、そういった型を否定するのが偶成詩、新たな型を提唱しつつ詩作するのが方法詩という分類だ。方法詩の提唱者が自分自身だから、我田引水の分類に思われるかもしれないが、この分類自体は論理的なものなので、これを受けつけない者は、詩人であるなしにかかわらず、付ける薬のない部類に属する。

なぜ、こんなことをいうかといえば、藤富さんは、定型詩、偶成詩、方法詩のあいだを自在に行き来できる類い稀な詩人だったように思われるからだ。定型詩と偶成詩の行き来について、その達人的境地を示した詩集が、『大あくび』（平成元年）だった。この詩集では、本の全体にちりばめられた文字をつなぎあわせると「名月を口に入れたし大欠伸」という俳句になるとともに、所収詩篇「動く山」にも「春風に山も動けと大いびき」の句が仕込まれているからだ。

方法詩の試みも欠けてはいない。それが詩集『客と規約』（平成十二年）だ。そこでは、各詩篇から後続詩篇が引き出される操作が、巻末に規約として明示されている。それは、わたしが方法詩を提唱して以来、実践してきたやり口に通じるものだ。藤富さんが方法詩を意識していたことは、当詩集を新聞の詩評欄で取りあげた直後にいただいた書簡でも、明かだった。わたしのような詩壇に疎まれている詩人に、このように応じていただけたこと自体、藤富さんの懐の大きさを示して余りある。

藤富さんには、詩の分類にとどまらず、さまざまな〈あいだ〉をあえて迷ってみせる爽快さがある。ここでは触れる余裕がないが、藤富さんは文字と絵のあいだをさ迷ってみせる達人でもあった。まさしく爽迷詩人。わたしはあなたを慕いつづけます。あなたの笑門から見ていてくださいませ。

魔法の家に遊んだ子ら

荒井隆明

「私はその人を常に先生と呼んでいた。」漱石『こころ』ではないが、僕もここで藤富保男先生のことを書くに当たり、〈先生〉の敬称を使いたい。それは僕にとって藤富先生が詩の師匠であるというだけでなく、初めてお会いした時から〈先生〉を付けてでしかお呼びしたことがないからだ。

僕は藤富先生に初めてお会いしてから二年以上の間、先生が詩人であるということを知らなかった。僕の入学した公立中学校の英語教師で、サッカー部の顧問で、それですべてだった。先生は詩のことはもちろん、ご自身のことは何一つ話されなかった。藤富先生が詩を書いている、ということを誰がどうやって知り、仲間内で広まったのかは、今はもう思い出せない。ともかく中三の僕は友達数人と、担任の国語教師のところに行き、緩い顎を伸ばして訊いたのだ。「藤富先生って詩ィ書いてるんですかぁ？」

「バカヤロウ、藤富先生、凄いんだぞ！」

その若い教師は熱弁した。それからしばらくして、級友の一人が、話のタネにという程度に買ってきたのが『現代詩文庫　藤富保男詩集』だった。詩と言えば中原中也や宮沢賢治、せいぜい谷川俊太郎という僕らにとって、それは〈詩〉なのかどうかもわからなかった。言葉による何だか面白い構造体、という感覚。僕たちは休み時間のたびに額を寄せ合って現代詩文庫を覗き込むようになった。

一番人気は『魔法の家』だった。「河馬に似ているぼく／その話は／やめよう」（「河」冒頭）じゃあ書くなよー。「土管のなかをのぞいて待っていた／遂にゴリラが入ってきた」（「土」全編）何でゴリラなんだよー。「あのちょっと／船長／あなたはかぶと虫だ」（「長」部分）それは違うだろー。などとツッコミを入れながら、爆笑してはまた読みまた笑った。今思えば、休み時間にたむろして現代詩文庫を読んでは爆笑している中学生男子、という図はかなり異様だ。でも実際可笑しかったし、何より藤富先生の詩には、どこか突き放したようなユーモア、笑いが常にあった。

「詩は輝かしい冗談と、底なしの淋しさで充満していれば完全である。」これは詩集『新聞紙とトマト』のあとがきに当たる「事情」の中の一節だが、当時の僕らは「輝かしい冗談」に魅せられ、「底なしの淋しさ」にはまだ手が届かなかった。だから「六時に女に会う／女と会う」で始まる名高い「六」でも僕らは大笑いしていた。この詩の中の押しつぶされそうな孤独には目もくれず、六時、女、一人といった語の繰り返しのリズムにユーモアのみを感じていた。いつの間にかこの詩を暗唱して、互いにソラで朗読しては笑っていた。

僕らの卒業と同時に藤富先生も教員を退職された。僕らは藤富先生の最後の教え子となった。それから十年以上経ってから、そのうちの一人が詩を書くようになり、再び藤富先生を訪ねることになるとは誰も考えていなかった。

藤富先生のことなど

鈴木朋成

藤富先生に初めてお会いしたのは、大学時代であった。詩論と題された講義だった。取り上げられた詩人としては北園克衛や西脇順三郎などであった。その時、現代詩の衝撃をもろに受けた。今から考えれば、幸福な驚きをもたらす先生であった。その後、Bo'rという同人誌でも、お世話になった。それから、目黒区緑が丘のコミュニティーセンターでの現代詩講読の勉強会でもお世話になった。そして、現在も続いている出入口という詩の同人誌活動でもお世話になった。先生は私よりも上の世代であったが、とてもモダンで、面白い方だった。そして、周囲への気配りや配慮の人であった。先生のように周囲へ気配りのできる人になりたいと私は思っていた。また、ご自身のことを語りたがらないのだった。ご自身のことについては必要最低限のことしかおっしゃらなかった。Miyamaの会というJR目黒駅前の喫茶店での勉強会でも教わった。マザーグースの詩を訳す課題などに詩を学ぶ仲間とともに楽しく取り組んでいた。そんなひとときが早くも懐かしい思い出になろうとしている。

先生がご逝去されて、私の人生の一時代も一幕終わってしまったような感がある。笑顔を拝見しながら、楽しく詩を学んだ季節である。先生に花束をお供えする日が、先日、来てしまった。詩について教わることが、もうなくなってしまうと思うと、さびしく悲しい。教わったことはたくさんあって数えきれないが、「クリシェは詩を書く時に使うとあまり良くないよ。」という教えをよく思い出すのだった。クリシェという言葉の響きも洒落ている。日本語に訳すと常套句ということである。「花鳥風月」という言葉を詩中に用いたら、「一捻りしたほうが面白い。」というようなアドヴァイスを頂いた。アドヴァイスも先生の発音の良さが思い出される表記である。アドバイスでなくアドヴァイスと書く。そういった一つ一つのことが懐かしい。また、「短詩では同じ単語や表現を再度、あるいは何度も使うことは基本的に避けた方が良い。」とも教えてくださった。同じ単語や表現を繰り返すときは、その効果を意識して敢えてすべきだ、というようなことも教わった。先生は、詩の師匠であったから、論語の孔子にたとえるなら、子貢（端木賜）や子路（仲由）のような優秀だったり勇ましかったりする好人物な弟子に私自身なりたいと思うが、実際は程遠いのであった。先生を目前にして、孔子にたとえたら、どんなお顔をされるか、それも興味深い。詩が生まれそうな微妙な空気の歪みが生じるかもしれない。今度、お会いした時にお話ししてみよう、ということが叶わない。もうお会いできないことが逆に不思議である。

先生、僕のような者にもいつもお心遣いくださり、本当に有難うございました。

もう　いいかい？

大園由美子

ふいに
じっと　一点を見つめ
とりとめもなく
みみを　大きくしながら
やや　目を細め
すみやかに　退出を宣言し
おおあくびを　ひとつ

そして、大将は旅立った。

冥土への道は坂道で　舗装していないンだ

そんな呟きも残して。


作品を創る時にふと思い出すのが、藤富さんの「大園さん、諸肌脱いじゃだめだよ。」の一言である。

「嘘をつきなさい」というわけではなく、「常に創作であり、その中に真実を密かに差込みなさい。」ということかなあ…と解釈してきたが、時々、反芻しては、他にも何かが含まれているのだろうなと思う。


『キリンの洗濯』のあざみ書房のおやじさんだと思ってお便りを出したことをきっかけに面識を頂き、以来、作品を見て頂いたり、いろんなことを教えて頂いたりしてきた。お顔の広い藤富さんは、関西の詩人の集まりなどの案内も教えてくださった。そんな中で、三井葉子さんとお会いした折、

「藤富さんからご親戚と伺っているのですが…どういう？」

と、訊ねられてびっくりしてしまった。

後日、藤富さんに、正直に「親戚ではないのですが…」と返答したことを伝えると、くすっと笑いながら返ってきたのが先の「諸肌脱いじゃだめだよ」だった。

既に両親が逝ってしまった私にとっては、父と同じ年生まれの藤富さんは師匠であり、東京の父のような存在だった。同様に康子先生は東京の母のような存在だと勝手に思っている。


不死身だったはずの藤富さんは、誕生日を前に入院していた。いつもはすぐにくる手紙の返事が来ないことに、私以外の差出人もみんな何事かあったことに気づいてしまっただろう。そんな中、寄り添う康子先生が奮闘するしかなかったと思われる。お返事はみんな康子先生に委ねられ、この夏、康子先生の手による藤富さんの作品入りのはがきを抱えた郵便屋さんが四方八方を駆け巡っていたにちがいない。

そんな康子先生も今頃、ぽっかりを抱えて、空を眺めていらっしゃるのかな。

藤富さん、まだこんな文しか書けなくてごめんなさい。

素敵な人間嫌い

坂東里美

人とつき合わない方法を教えてくれる人が詩人である。（藤富保男箴言集『一発』）

二〇〇二年四月、私は書きためた詩の束を、一度も逢ったことのない詩人藤富保男氏にいきなり送りつけた。氏が「あざみ書房」というプライベート・プレスをやっていることを知り、「初めての詩集を出したい」とぶっきらぼうな短い手紙を添えた。極度の人見知りの私がこんなことをしたのは後にも先にもこの時だけ。無礼千万、よくこんな事できたなと今しみじみ思う。折しも日韓共催ＦＩＦＡワールドカップの開催一ヶ月前。返事は氏のミラクル・シュートの如く驚くほど速く来た。

藤富氏は私の第一詩集の装幀から表紙の絵、帯文まで全部手がけてくれたにも関わらず実費程度のお代しか受け取ってくれなかった。そればかりか、私が大学院で西脇順三郎の研究をしていることを伝えると、詩集の出来上がる九月に世田谷文学館で「没後二〇年西脇順三郎展」が開催されるので上京しないか、と誘ってくれた。そこで初めて太い黒縁のメガネにハンチングの詩人藤富保男氏に会った。氏はあの伝説の「西脇ゼミ」のメンバーだったので西脇の展示を自ら案内・解説してくれた上に分厚い図録までお土産にくださった。また「西脇順三郎を語る会」というのをやってるから来ないか、とさらに誘ってくれた。この会は、西脇の研究者必携の『西脇順三郎全詩引喩集成』の著者、新倉俊一氏と二人で主催している会だと後で知ることになる。そして氏は仲間を探して小さい詩のリーフレットを作ることを私に勧めた。「詩の泉はどんどん汲み上げないとすぐ枯れてしまう」と言った。それが今も続けている「Contralto」だが、その第1号の表紙に私が偶然にも文字を連ねて稚拙な絵を描いたのを「女子校の文化祭的作品」と批評しつつ、その頃の私にとって未知であった視覚詩の世界へと誘ってくれた。またしばらくすると「西脇だけでなく北園克衛のことも勉強して下さい。」と手紙の端にあった。氏は評伝『北園克衛』の著者でもあったのだ。北園のことを自習するうちに左川ちか・江間章子ら女性前衛詩人達の存在を知り彼女らのことを書くと氏はたいそう褒めてくれた。藤富氏触媒の詩的連鎖が止まらない。こんなに巨大な面倒見のよい人を私は他に知らない。しかし奇才藤富保男氏は人間嫌いを公言して憚らない。カミングズとの共通点はこの辺にもある。藤富氏と新國誠一氏が主催していた具体詩「ＡＳＡ」のメンバーだった吉沢庄次氏が、生前の藤富氏の姿を思って以前新聞に掲載された藤富氏の詩「人間嫌い」のコピーを送ってくださった。愛すべき逆接。なんて素敵な人間嫌い。

人間をやめようと
門を出て
点のように歩いて行くうちに
ぼくの影は猿になっていた

（詩集『文字の正しい迷い方』）

藤富保男先生の思い出

関口フサ

藤富保男先生がお亡くなりになられた。大きな樹が消え去ってしまったようだ。六センチもある分厚い『藤富保男詩集全景』を前にしてこの中に先生はいらっしゃるのだと、皮肉や風刺、ユーモアにとむ、いろいろ思考をこらした詩がつまっている。又線画も描かれていて、線画はふっと吹き出したいものや奇抜さや、詩情あふれた世界である。

藤富先生と初めて会ったのは産経学園の詩の教室だった。詩人というよりスポーツマンのようだった。がっしりした体格と軽ろやかな身のこなし、サッカーのレフリーをして走り回っているとのことだった。眼鏡の奥にやさしい目が光っていた。

まもなく詩の教室から独立して、私たち数名は詩の翼を広げに先生を囲んで銀座に集まった。そして同人誌『銀曜日』が誕生した。先生は色々アイデアを出された。しかし表には出ず後ろからささえてくれた。一人一人の個性を大切に適切なコメントをしてくれた。

又お忙がしい中、私たちを旅行にさそってくれた。一九七五年の木曽への旅は二月の寒いときだった。途中夏目漆芸家を訪れ、漆器の話を聞いた。それから奈良井で一泊し帰りの途中浦島伝説のある寝覚の床を見に行った。一九七六年は伊賀上野へ行き、忍者屋敷へ行き色々カラクリを見た。又芭蕉の家にも立寄った。一泊し夕食後の勉強会では歌仙の話をされた。帰りの列車の中で連句をしながら帰った。

『銀曜日』の集まりは月一度銀座の区民館に集まった。先生はいつも一番に来られていた。今日の勉強会の進め方を黒板に書かれた。持ちよった詩の合評では先生が指摘してくれるとみちがえるように詩が生きてきた。

又先生の詩集『正確な曖昧』の中〝説明〟という詩で「もし」の世界をうたっている。

もし世界が明るくなれば　と思う
もしも世界がバナナの色に輝けば　である
もし
は世界のどこかに住んでいる
もし
はどこかにかくれている
もし
が大声でこちらを呼んでいるのだ
人々はその声をきこうとしないのだ

この後も「もし」はしばらく続く、最後に「もしは世界にいないのだ　淋しいことなのだ」と言っている。私ももしが本当にいてこの世を明るくするのならと思う。又一人一人の抱えている問題も、もしが来て解決してくれるのならと思う。

「藤富保男にはパイプがよく似合う」

初めに会ったころは先生はパイプを使われていた。先生がパイプをくわえている姿は老練な芸術家のようだった。

『銀曜日』の時間

丸山由木子

銀座で集って始まった詩の勉強会だったので、私たちの詩誌の名前は『銀曜日』となった。

毎月一度歌舞伎座脇の小さな部屋で藤富保男先生を中心に勉強会を持った。まだ二十代だった私は毎月のその土曜日が楽しくてならず、いそいそと通った。その後メンバーは入れ替わって行ったが、四十年にわたるご縁の始まりだった。

湿ったところの全くない飄々とした雰囲気。何より野暮が嫌い。権威が嫌い。この世の誰にも似ていない、独特で不思議なへそ曲がり。この年代の方にしては珍しいキャラクターだったかもしれない。世俗のくだらないことはほぼご存知ではなく、時に我々はその浮世離れの反応に下を向いてクスクス笑ったりした。さりげなく又熱心にモダンジャズを語り、シュールレアリズムを解説し、サティの音楽に触れた。先生も同人もみな若くいくら話しても終わると言うことがなく、深夜になっても離れがたかった。数寄屋橋ニュートーキョーで我々が呑んだビールの量たるや！

各地にいらっしゃる先生の詩友を訪ねる旅に何度か皆でご一緒した。木曽から岐阜の養老へ、京都から近江へ、岩手の北上文学館へ。芭蕉ゆかりの地が多かったかもしれない。夜には宿舎の壁に紙を貼ってたどたどしく歌仙を巻き夜更けまで笑い転げた。

その詩の世界は冗談に満ち満ちていて、激しい言葉のアクロバットのあとには風変わりな哀愁と少々のエロスがたなびく、乾いたコルクの皿の上の奇妙で美味なるヌーベルキュイジーヌであった。

感情をそのまま書かない、むずかしくしない、創るんですよ、飛躍するんですよ…先生の声が聞こえる。八月三十一日、対オーストラリア戦のサッカーの日本の勝利を見届け、魔法の家の鍵られた部屋から是非の帽子を被り煙草の煙にのって今は空、とつぶやいて行ってしまわれた。この詩のように。

ど

どうにかして
この地上から飛び立てないかと
向うの方にかけ出して行ったら
蒸発するように
足が地からはなれ
空中で？のような形にまとまっていた

煙草でもすって
更に煙にでもなって
もやにでもなってしまおうか

詩集「魔法の家」より

最後にお話ししたのは六月ころ。銀曜日四七号の文章についてのダメ出しのお電話だった。体調不良の中でも相も変らぬ細部まで行き届いた助言だった。こんな先生に褒めてもらいたくて今日まで何とか詩を書いて来た。他にどんな言葉が言えるだろう。

藤富保男先生、ありがとうございました。

先生、あの根

山田一子

私が、詩の愛好者による勉強会「銀曜日」に入れていただいたのが二〇〇七年一月。サティの詩を朗読する舞台上の先生を拝見したことはあるが、直接お会いするとあって緊張した私のストールが、絡まってなかなか外れない。おかしかっただろうに真面目な顔で「どうぞそのまま」と深々お辞儀をされたのが忘れられない。いつも深く頭を下げる礼儀正しい方だが、権威や権力を志向する人に「あの馬鹿者が」と厳しい言葉を投げたこともある。ご自分は偉そうなそぶりは決してしない。「ほほぅ」といろいろなことを面白がっていた。その軽やかで自由な精神こそ詩人のあるべき姿、と私は尊敬したが、「べき」や「ねばならぬ」からも自由なかただった。二〇一〇年日本現代詩人会の先達詩人の顕彰には先生の晴れ姿を見ようと「銀曜日」有志で参加したのだが、期待した受賞のお言葉はなく、「どうもありがとうございました」といつもの深々したお辞儀で逃げるように壇を降りられた。私たちは呆気にとられるやら、可笑しいやら…。反骨とかへそ曲りでなく、きっと恥ずかしくてたまらなかったのだと思う。

今、形見のように繰り返し読んでいる作品がある。

告白序説

あの　ぅ
と言ったまま　次の言葉が出ない

あのね
と言いなおしたが　まだ
次の言葉が出ない

詰っているらしい

あの　ね　の根が
喉に引っかかって
下の方にのびたらしい

根を引き抜こうとしたが
食道から胃までのび
多くの筋が根からのび

ことによると
胃の中で
茎と花を咲かせているのだろう

（二〇一六年八月発行「蘭」八四号掲載全文）

「あの　ぅ」と恐る恐る始まり「あのね」と言い直す呼吸がこころにくい。ところが言葉が詰まって「あの　ね　の根が」と、ここで植物の「根」に変容する。さらに臓器の一部と化し、ついに胃の中で花を咲かせているというのだ。よほど重大なことを告白したかったのだろうが、「あの　ね」で止まったまま。だから「告白」の「序説」なのだと、タイトルが腑に落ちる。

同じ音の言葉が変転する。つま先、顎、舌、鼻毛など身体の微小な一部がユーモラスに登場する。そのさまが目に見えるように書かれているのでニヤニヤしながら読み進むと、重大な真理に到達している。これが藤富詩を読む醍醐味のひとつなら、この作品はその真髄が味わえる。

「あの　ぅ」という一行目からもう師の声が聞こえてくる。自作詩を朗読するときの大きな声、はっきりした発音、ていねいな速度、が耳に甦る。「詩を口の中で噛むこと。すなわち音で噛みしめること」（『一発』より）を日頃から実践しておられた。私たちも「銀曜日」の会ではそうした。

本当に大事なことはなかなか言い出せない。あれだけ明瞭にお話しされる先生にも、相手に伝えきれないことがたくさん詰まって、胃の中にどれほど花が咲いていただろう。発表された当時は、まだこれから沢山の詩に結実する花だと楽しみにしていたが、そのままあの世まで持って行ってしまわれた。

藤富さんとのゆかいな思い出　國峰照子

藤富さんの訃報を聞いて身体のなかにぽっかり穴が空いてしまった。もういない、こんな虚ろをどう埋めたらいいかわからない。

私は二〇一〇年七月、藤富保男（朗読）神武夏子（ピアノ）による、プーランク作「象のババール」の公演に招かれた。藤富さんはアンコールで仲間を舞台上に招き入れサッカーの話をなさった。日本サッカー協会の公式審判員でもあった氏の青年のような姿をいま、まざまざと思い出し、藤富詩の裏側にあるサッカー愛をここに披露したくなりました。

四年ごとにワールド・サッカーの年がくる。今年も日本代表は初戦を落として冷やひやながら予選を通過することができた。藤富さんは今年8月31日の予選の最終戦、日本対オーストラリアのテレビ中継を自宅でご覧になって、2対0の勝利にご満足だったと奥様にお聞きした。ちなみに、藤富さんは二〇〇五年「草サッカー」と題する詩を書いておられる。行のおわりの「て」の効果が見事な実験詩です。

雲少しずつ　の　ずつ　ずつ　切れて／遠のいて／点入らなくて〃空　丸くなって〃ひばりは踊りあがって〃まだ　まだ　の　まだの奥にあがって／時間がなくなって〃にがい顔　かぶって〃前半　点を入れておけばと悔いて〃笛が鳴って

（二〇〇六年七月詩誌「葡萄」53号掲載）

二〇〇六年、ワールド・カップ第18回大会の直前に、藤富さんはトトカルチョ（イタリア発祥のサッカー予想）の胴元になることを思いつかれた。詩人やお仲間を募って一人千円のささやかな賭金である。誘われた私は秘密結社のようなときめきをおぼえた。藤富さんの肝の入れようは半端ではない。まず、代表国の資料をすべて調べあげ、チームの特徴を記した手書きのコピーを配ることから始まる。野口英世博士一枚で、われわれは馬券ならぬサッカー予想で半年間も期待に胸をふくらませ、贔屓のチームの熱戦に応援の鞭を入れたのだった。最初の年の参加者は九名で、高橋肇（イングランド）、新井頴子（日本）、國峰照子と大園由美子（ポルトガル）、角田響子（アルゼンチン）、高階杞一と殿岡秀秋（ブラジル）、香川紘子と藤富保男（ドイツ）だった。結果は対戦の組み合わせと勝敗がひと目でわかるように、新聞紙大の図にして（これまた手書きで）送ってくださった。そして二枚目には「各位殿　今般の世界選手権・蹴球大会の優勝国はイタリアとなり、9名の皆さまの予想を裏切ってしまいました。残念至極です。ここに御返金致します。緑が丘村村長より」と書かれていた。藤富さんは直接教えを受けたドイツのコーチ、デットマール・クラマー（日本サッカーの父）を師と仰ぎ、常に独逸蹴球の戦術を模範とされ、〈蹴球世界戦争〉においては、当時の日本はまだまだ子供の草サッカーだと冷静に分析されていた。

つぎのワールド・カップ第19回は二〇一〇年、南アフリカで開催され、スペインがトロフィをさらった。ギャンブラーは十三名に増え、当たりを射止めたのは坂東里見、高階杞一、角田響子、水口昭朗の四人だった。決算報告の但し書きには「負けた国（ティーム）についてのすべての感傷的愚痴はなし」とのメモが添えられていた。

三回目は二〇一四年。前年の初冬には「またワールド・カップのバクチを開帳しようと胴元は張り切っています」とお手紙があり、参加者は増えて十七名になった。Copa Brazil の決勝はドイツ対アルゼンチンで、1－0でドイツが勝利。大当たりはまたも水口、高階で、なんとこの回、藤富さんは貞節を守ってきたドイツでなく、オランダに入れていた。「シマッタ！」と共に「ぼくのドイツがやったア！」の快哉もあったにちがいない。緑が丘村長は意外性を愉しむ人だった。

来年は四回目の賭場が開かれる年だ。村長はこの年末、各地区の予選からの研究に没頭されていることだろう。藤富さんはいまも緑が丘にいらっしゃる。そう思いたい。詩の世界的ファンタジスタ・藤富保男は生涯、世界を見据えた闘将であった。

（文中敬称略）

天災詩人のパンツ

四釜裕子

「詩の姿　藤富保男線画展」（日本現代詩歌文学館 2009 3/14-4/12）のポスター制作を担当することになって、二〇〇八年の秋から藤富先生の線画を集中して見る機会をいただいた。パンフレットにはメッセージのひと枠をいただいて、「藤富保男は、【地獄耳】でとらえる言葉に、【文句あるか】と【二枚舌】で【口喧嘩】を挑む、【怪しい】【目黒夫人】の夫である。」とした。【　】はすべて先生の線画作品のタイトルである。

展の前後に、『カミングズの詩を遊ぶ』（ヤリタミサコ　向山守　編・訳　2010　水声社）の装丁担当としてヤリタさんに声をかけていただいた。先生の〝何か〟をデザインに入れて欲しいとのことだったので、ゲラを読み、線画作品の【はいれない入口】にカミングズの詩行を重ねた。

二〇〇九年八月には、奥成達さん（1942-2015）の企画で『藤富保男詩集全景』（2008 沖積舎）の刊行を祝うイベント、「天災詩人・藤富保男の世界　POEM&JAZZ&WAHAHA」（主催　gui）が新宿ピットインで開かれた。〈ジャズとナンセンスが合体する超（シュル）なポエム・ワールド。この神々しい詩的冗談にあふれるポエトリー・リーディングは、必見のギャグなのか？　それともクールなダダイズムか?!〉という奥成さんの言葉に先生の線画【絡まる】を合わせ、『藤富保男詩集全景』の函と同じ黄色をのせてチラシを作った。同書の装釘はgui同人でもあった高橋昭八郎さん（1933-2014）で、表紙と花ぎれとスピンは小豆色、見返しと函は黄色である。

奥成さんは、藤富先生も選者であった「現代詩入門」の短詩欄に中学生で投稿を始め、一九五七年には北川冬彦主宰の「時間」準同人となる。間もなく、同人であった先生と出会い、親交は始まった。

お二人と山口謙二郎さん（TBデザイン研究所代表　1942-2005）が「gui」を創刊したのは一九七九年四月一日。二〇一七年八月一日発行の111号まで、あとがきはずっと先生がお書きになってきたのだと思う。

ある時、先生はgui同人にあてた手紙でこう言った。

〈「gui」では他の多くの詩誌より視覚的な作品を掲載しています。まず各人の思うところ、意地を張って描いて下さい〉（gui通信 no.314　2016.4.26）

先生、あきれてると思った。その頃、わたし自身に心当たりがあったからだろう。エッセー集『パンツの神様』（1979　TBデザイン研究所）を開く。

〈人間には秘密がある。どこか誰とでも同じでありながら、どうかする時必らずどこか他人と違うような個所とかやり方がある。こんなものを秘密と呼ぶなら呼べないことはない。この底辺をくすぐるようにしてやや表面化する精神がポエジイである〉。秘密にたどりつきもせず訳知り顔、出てきたものは一辺倒。およしなさい。少なくともここでさらすのは、やめていただきたい。そんな声。

パンツを続けて読む。

〈「人」は全部見えてはならない〉

〈「人」に限らず、対象を正確に捕え徹底的に究明し知覚すること程無意味なことはない〉

〈信ずるふりをすることは大変よろしいが、「信ずること」は自己をその世界に没入することになる故に、はなはだ純粋な心になれない。

それだから、感ずる世界にだけ生きる、ということはまことに大きな冒険であり、耐え忍ばねばならないことである〉。

藤富保男作品抄

●『コルクの皿』（一九五三年）より

見えない風景

「海に足をふれると」
「あら
ガラスがくだけるわ」
「永遠はよじれ
海は絶対の剃刀です」
「あなたの足
いつも貝殻細工ね」
「剃刀の上に
蝶の血が一滴あるでしょう
ほら」
「私の睡眠が
鏡の中に一杯だわ」

●『8月の何か』（一九五四年）より

誰かに何かを

あなたの胸でもなく
花でもなく

ニューヨークである

僕の死よりも遠く
どこどこより近い
かも知れないもの

そんなものと
こんなものと

そして
誰かが
西海岸から走って来る

●『鍵られた部屋』（一九五九年）より

○●○

むし暑い軽蔑したい夏の夕方がある
眼を皿のようにして　か
皿のなかの眼のように　か

とにかく
僕はねむくて困る

そうして
あなたが来る橋の方は
雨だ
長い橋が意味と意味をつなぐ形象のように
しかし
あなたはまだ来る様子も見えない

と

誰かが僕を呼んでいる
暗い睫毛のような草の奥で　そして乾いた木の底で
すずむ氏よ
ひぐら氏よ
生れて来る前に汝らはすでに意味であった
とか
白堊紀の昔から
汝らの声声はラム酒の痩せた壜をたたくが如くであった
とするならば
である

丁度
靴の縫目のような睫毛を閉じて
その睡眠が深海の紅い草のように全く
であるように
僕はねむる

橋はまだ雨でけむっている
あなたはまだ来ない

●『正確な曖昧』（一九六一年）より

正確な曖昧

ドアがもえるから
ベッドがもえる
ベッドが豪華にもえるから
女がもえる
そして
彼女の孤独ももえて
黒くしぼんだ女の精神の殻が風にとばされる
風で空がはがれて　とばされるから
空は帽子がなくなって
すっかり見えてしまう
火の中の女がのぞかれてしまったように
すっかりまずいのである

空が一本のポンポンダリヤのような女を浮べて
まだまだとんで行く
女は風の奥へとんで行く

やがて
風がおちて
風が落ちてくる

ショオルや　パジャマや　ラッパや　ベッドがみんな降ってしまうと
ふたたび空は林檎色に染まり
夕陽が動かない柱時計のように
西の空で眼を開く

女は遂に寒い星になり
鈴をふりながら空の壁をふるわせる

●『魔法の家』（一九六四年）より

六

六時に女に会う
女と会う
一人の女に
一人の六時に
一人で六時のところに立って

六時だけが立って
誰もいない

木

木がある
静かに風がとまる

そして
子供たちのなかには
いつも午前がある

海岸に誰かが立っている

ドン・キホオテが
パンをかじりながら歩いてきた

なんでもない
けど
大砲もなった

●『今は空』（一九七二年）より

我自

あなたをよじのぼって
煙咲く
怒りの香りの顔のぞく
そののち
何んとなく正式に乱れ
横になって
世にふる長雨
を片目で眺め
またあなたへと近付こうとすれば
擦するほど

鬱の意識が張り
紅茶のカップにキジの舌が映り
さくらきりんや
いかだかずらの花の色はうつりに変り
ただ
まだ
至ってよじれ通して
仕方がありま銓
をしめて
怒ることが何もない人に鳴ってしまった
ベルにおどろ樹
ふたたび　を越えて
たびたび　になるまで
鬱蒼と怒り繋っているあなたに
声を差しのべ
怒りは感情の貴族である
なんて
言って
底冷えするほどの意見のべ
小石につまずき
川にはおちなかったが
きょうは本当に頭が忙しい

●『風一つ』（一九七四年）より

1

歩くと影ある
牛も苦しむ真夏の真昼
はる蚊
にわ蚊
にさされて
女一名ひっくり返る

13

目には波だ
波にボウトが愛を浮べ
岸に寄るさえ
まむしの空しき叫びききつつ
乳首が突起している

●『言語の面積』（一九七七年）より

クイズ

小さい子供が
美しい豆のまわりで
鳩をまいている
と
鳩が子供を食べはじめ
豆が逃げ出す
すると
午後は　にわか雨になり

細いあめになり
木の歯が笑い出し
虹をつれて夕暮があらわれる
豆つぶほどの鳩が
そらっ　と逃げる
空は帽子をかぶって
鳩のような子供をのせて
子供は虹をなめながら
その夕暮のまるい坂道に
鳩だけ
何羽のこったか

●『新聞紙とトマト』（一九七九年）より

その通り

かなり曇った空が
軽い網のある海の風景を重くしている
うしろむきの男　背中の下に尻がある
もちろん光は燦然と尻を縦に割っている
が
やがて風が尻をふいた
けれど知らん顔をしている女が
およそ一名いて
とぶ人　はねる人
くねる人　打ちはやす人は無闇にいて
ふと　みな動かない

が
風は鼻をぬけ　腹をぬけ　股ぬけて
おもう間もなくバーナードのひげをぬけ
おや　みんなそろって人違いの真似をして

（高階註：本書の各詩篇には特殊な折句が施されている。この詩では最終行から頭の上だけ読んでいくと一行の詩句となり、タイトルにつながる）

●『笑門』（一九八二年）より

夕方の競技場

髪が王国ならば
額は晴れた庭だ
この舌の先の痛みが
声をしぼる

叫んでいると
あなたが返ってくる
右と左がぼくであって
前に後にあなたがいて
呼んでいると
ふと　ぼくだけである

春はあなたの口で
春はその脚で

枝はみんな鳥をとまらせ
葉はあなたを時に
かくしてしまう

オルガンの音弱く
あなたは遠く
はずむ肩はやわらかく
耳は敏感に固く

どこかで
選手たちのもだえる声と声
Say! Kick the ball.

深くもぐる選手
呼吸の下に芝がある

●『一体全体』（一九八五年）より

くもの糸

のように顔にひびが入った男がいて、むこうは東の空。隣の柿がたわわに秋をぶらさげているので、男は思い切り鶏のように一声叫んだ。

一〇人

が一列に並んで歩いている。一番うしろをペリカンがついて行く。一番目の人から次々と煙が出た。一〇番目の人が燃えはじめたとき、ペリカンは口にためた水をいっせいに一人一人に浴びせた。一〇個の石が、道の中央に縦に並んでいるだけであった。

●『大あくび』（一九八九年）より

禿鷹の小舎

無表情のコンクリートの街
待ちに待った絶望の
のけ者の　ある程度の一人
鳥が木かげで鳥を食べている孤独
毒が美しくしみる
見るみるうちに
血にぬれた舌を光らせつ
切ないくちばしを
塩の色した枯れた樹で拭く
吹く風にさからう強い孤立
慄然とした人間ぎらい

●『やぶにらみ』（一九九二年）より

浜

砂にきみの名前を書いた
なんて

そんな甘いことはしなかった
ぼくの顔を描いて
髭をつけただけだ

あらら　波で
髪の毛が抜けちゃった

波の上で　太陽の青年が
笑いながら滑っている

ところで
きみは背中を干しているが
カニが足の爪をかじっているよ

●『逆説祭』（二〇〇七年）より

垂　訓

古い人間について話をしよう

われわれが生まれる前で
いや　まだ先祖のおじいさんたちが
サムライであった頃より
まだ昔の人のことを
と思って
猿にたずねてみたら

猿は頭に片手のせ　顎あげて
山の奥の滝の上の一本の
木の梢の上の雲を眺めて
ぽつり

形あるものは無

●『一壺天』（二〇一四年）より

訪問

彼女を訪ねる
水色の建築の戸口に立ち
くすぐるようにハンドルをまわす
それは吸盤のように
濡れている

戸　ひらく
彼女は笑っている
こちらは歯で笑い返し
急いで彼女の唇にアイロンをあてる
ゴムの匂いがして
あたりは静か
「魚もってきたよ」

藤富保男の詩学

●『藤富保男詩集』（思潮社・現代詩文庫　一九七三年）

・僕が詩を書き始める頃は、やはり絵画の影響が大きかったことはいなめない。（中略）主としてシュウルリアリズムの連中であるが、こういう仕事を文にしてみたいとは初期の僕の願望であった。それであるから、詩のもつ絵画的影像を無意識ながら尊び、物象をより明確に表現するために、異常な比喩を用いて巨視的に提示することを好むようになった。

・僕は詩を書く気はないし、書こうとも思っていないのである。僕が書いているのは、何となく詩らしいフォルムをとりながら、噴流のように発射するポエジイを人為的に加工して記述しているだけで、あくまで、詩とは限らないのである。

・僕は主として何を取扱うか。一言で云えば、詩的冗談である。それと時には童画風のスケッチである。

・抵抗詩とかいう一連のジャンルがあるらしいが、これなどはよく分らない名前である。僕の詩も抵抗詩である。僕の場合は、人間と生真面目性と俗悪性（常套性）に対しては徹底的に抵抗をしているから、誠に恐るべき抵抗詩として評価されなければならないのであるが。

・新しい想像の域に突き進んでも忘れてはならないことは、認識のための認識であってはならないことである。その発想の基盤は体験の中にあり、または自己の生理の中を通過してきたものであらねばならない。

（「僕の背後」より）

●『パンツの神様』（ＴＢデザイン研究所・一九七九）

・ポエムのおもしろさは曖昧なことである。地口もそうさせる手段である。飛躍もそうである。当然な理の饒舌も、ギャグもそうである。まやかし、いい加減性もそうである。これら一切は曖昧なうちに雰囲気を作るのである。（中略）はっきり分っている内容を、ぼかした色彩で表現することは、客観的には焦慮の感に追いこまれる。待てなくなる。むずがゆくなる。そして笑いに移る。ポエムはこういう世界で完全である。

（「詩の場合」より）

・（万国博覧会に）「お祭り広場」というのがあったそうだが、これがぼくには、どうもピーンと来ない。どうして「祭りの広場」ではいけないか。どうして「お」をつけるかである。（中略）いつか西脇順三郎氏と話をしていたら、「お」が丁寧な敬語の用法なら、目上の人には、お佐藤さん、とか、お藤富さまとやったらどうだろうという笑い話がでた。

（「言葉のひとかけれ」より）

・元来、表現形態という点だけで詩を見つめれば、これ程自由な、これ程いいかげんな文学様式はない。ここでは言語という草原以外何もない。家屋もなければ、地主も、借手もない。無論、大工も、材木もないのである。あるものは草だけ、すなわち文字だけである。どのように転がろうと、走りまわろうと勝手なのである。

（「説明的な非説明」より）

・詩は終始、言語との取引と関係のなかで作られる幻想、幻実の世界で充分である。
（「黄金のバケツには詩の花粉がいっぱい—マザー・グースのこと
で」より）
・詩となる前に、そのことがおもしろく、わびしいことが詩の核で
あるとするぼくは、本質的には童話とか、童謡とかいう小さい世界
に魅せられている別のぼくを知っている。
・詩は多かれ意識的錯覚の美学である。

（「意識的錯覚」より）

●『一発』（矢立出版　一九九五）

・詩は曲がる。非常に曲がらねばならない。非常に曲がるけれども、
実は曲がっていないように見えるのが正しい詩である。
・鉄棒にぶらさがったまま、じっとしていては演技にならない。し
かし、詩はアノネ！と言ったまま、ただぶらさがっているだけで御
神体である。大抵の人は大きな演技をしようとして恥をかく。
・詩を書くということは観念を捨てることである。けれど全体を通
して、何を考えてその詩を作ったのか判らないとき、それを寝言と
いう。
・「味付け」ばかり考えて詩を作ると、詩の肉は溶けて歯応えなし。
詩の骨と臓ばかり考えると、まるで味けない詩の塊りしかできな
い。詩のどこかに塩とミリンと砂糖、それに自家製の隠し味を加え
るか、その秘訣は本人が覚えるのみ、当然の理であるが、念のため。

●『詩の窓』（思潮社　二〇一一）

・平易に表現してもよい箇所を二語の漢語をもってきて、晦渋な熟
語で言いあらわしたり、論説まがいの抽象名詞で表現したりするこ
とはやめた方がよい。詩が観念の繃帯でぐるぐる巻きになってし
まうのである。（中略）自分では正装して踊っている気持であるが、
人から見ると乱舞としか見えないという悲劇である。

（「詩作にふれて（1）」より）

・詩でテクニックは二の次だとする人がいる。そういう人は感情を
興奮の扇風機で煽っている姿で詩を書く。やはり技術と精神が結合
しないと革新的な創造はないのである。

（「ある詩的実験　stabileからmobileへ」より）

・詩ではしゃべり過ぎてはいけない。もう一行つけ加えようかと迷
うことがある。そしてその一行が反って詩自体をダメにしてしまう
ことがある。
・詩の場合は〈観〉と〈見〉がないと像ができない。作像すること
が肝要である。描くことを先にしないと、感情や理論の厚着ができ
て、ついつい説明になってしまう。それはもはや詩ではない。むし
ろ個人の所感か理屈である。

（「ひと捻りの繋ぎ」より）

・詩を書くときに、最も基本的なことは〈作像〉である。作像すれ
ばすぐれた詩になる、というのではない。しかし作像がしっかりで
きていない詩は論理になる。理屈になる。そのあたりは人それぞれ
の好みであるが、像が詩のなかにあって構図化していると、作者の
観念はしっかりバネが付いて固定され、しばらくすると動き出すの
である。

（「詩の声」より）

「瞬画」藤富保男

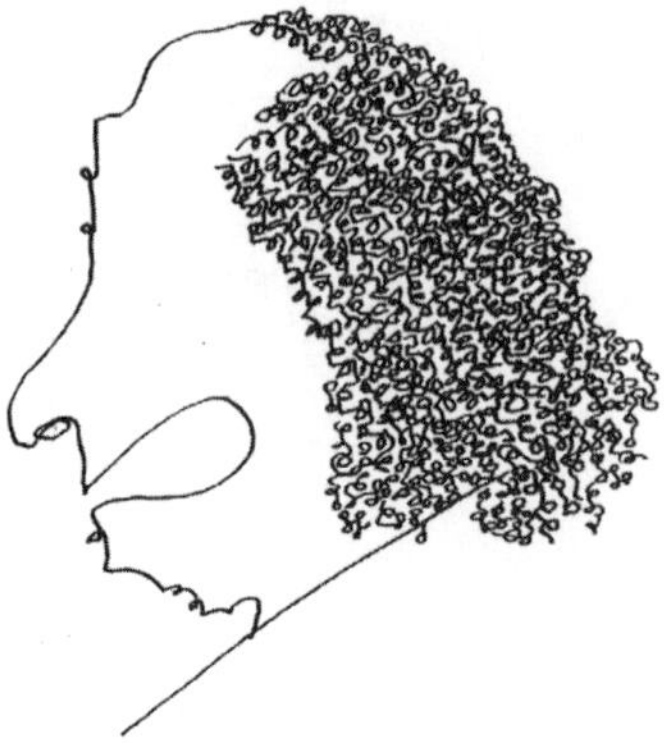

わたくしにも一言　1980.8

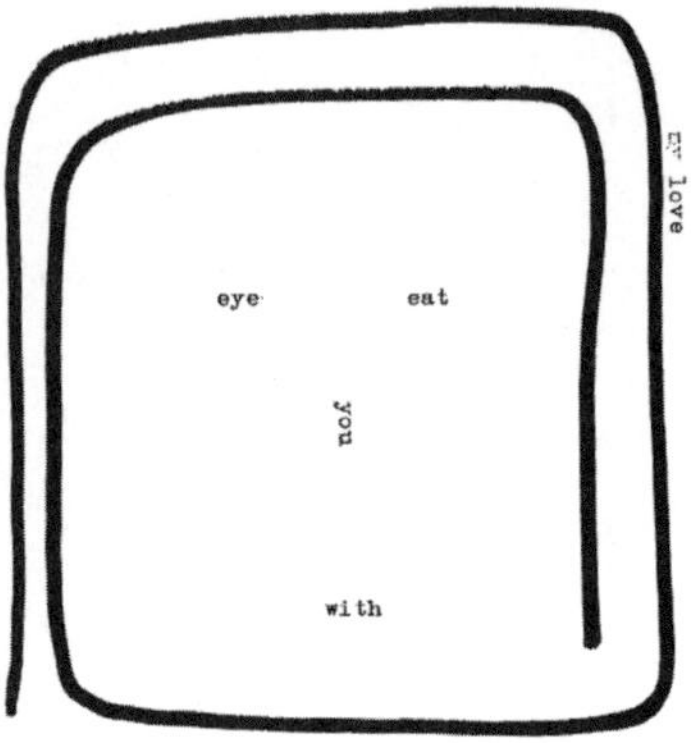

日本銀行であった女　1974

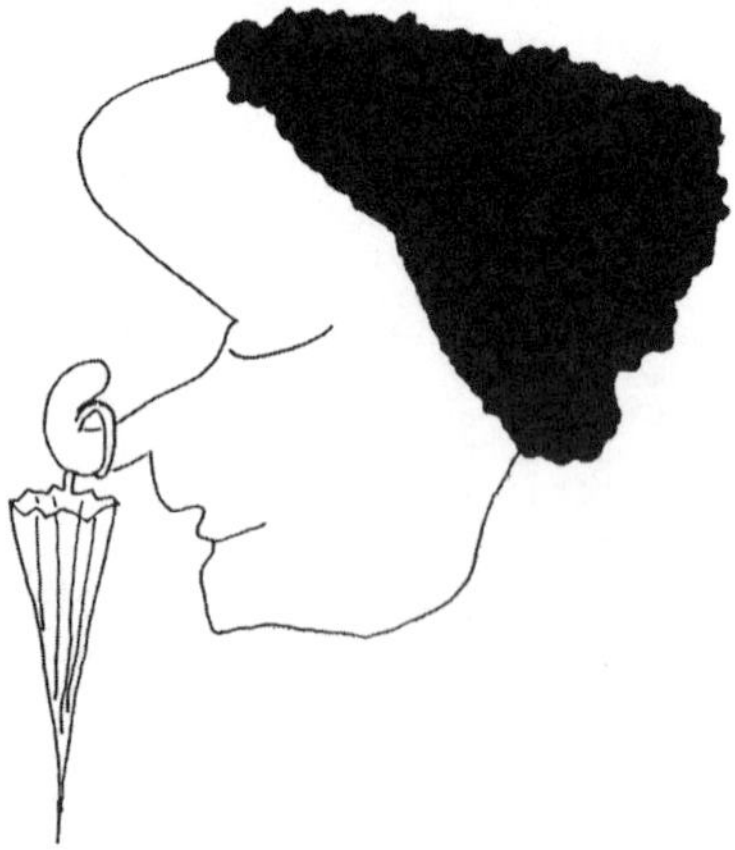

鼻にかけるな　1985.8

考えているふりをしている教祖
1981.9

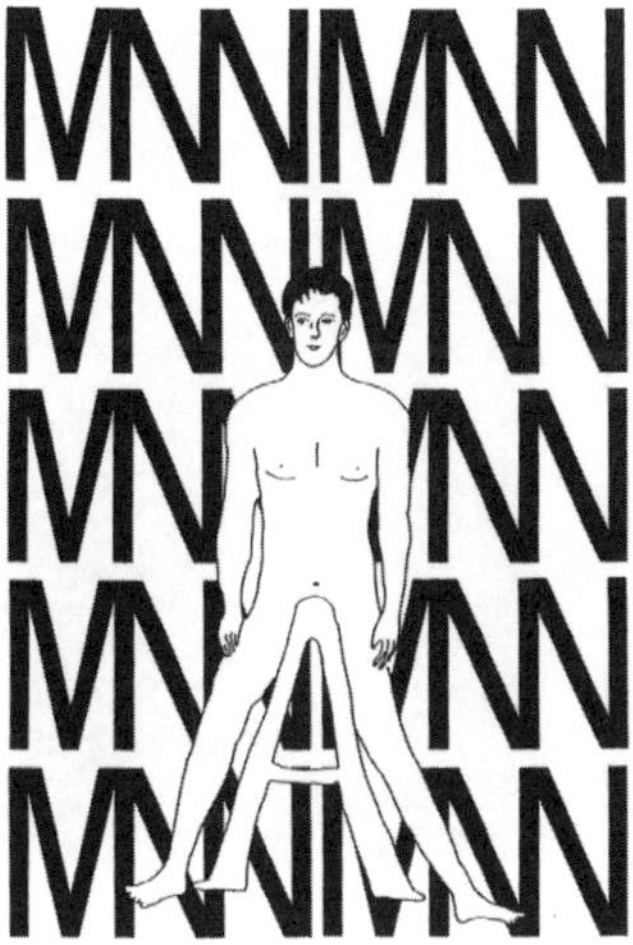

MANN　1997.2

トンボを内蔵する犀　1990.1

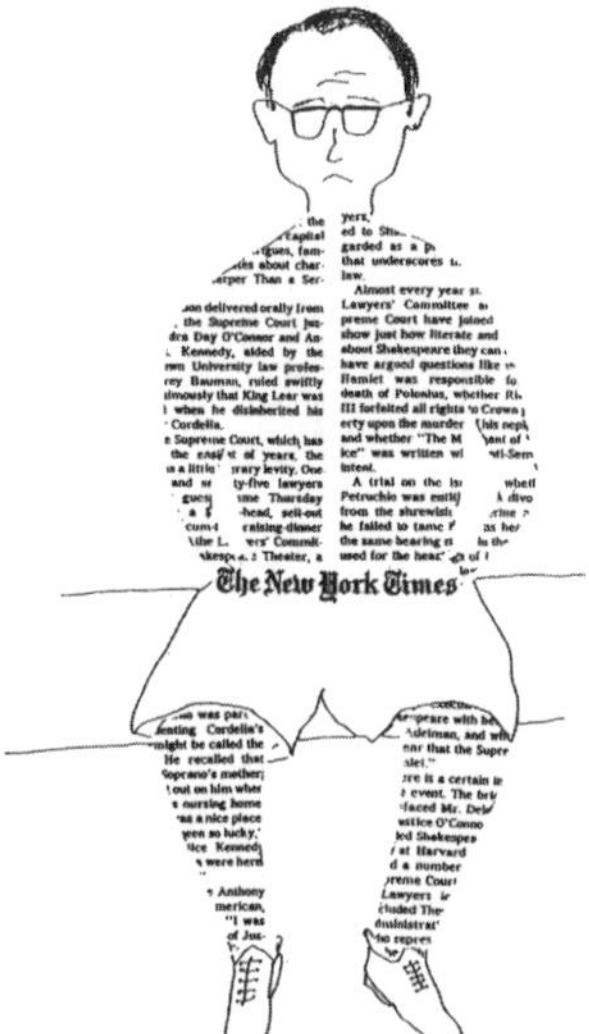

ニューヨーク・タイムズを読む
自画像　2001.7

飛翔　2001.1

藤富保男　思い出のアルバム

何かの証明書？ 撮影年不明。

←上野にて友人と（左）。
写真の裏には「万物即無。この写真は偽瞞《ママ》で埋まっている。」と記されている。
1945年12月5日。17歳

東京外事専門学校１年（右端）。上野にて。1945年11月26日。17歳

大森第10中学校勤務時代（右から二人目）。松島にて。1960年4月4日。31歳

↑ニューヨークの地下鉄にて。1986年

東京オリンピック競技役員（左端）。1964年

高階杞一（左）、第40回H氏賞授賞式翌日、新宿にて。1990年6月4日　→

大阪・万博記念公園・日本庭園内茶室「千里庵」1991年10月11日
（左から）高階・大園由美子・藤富

カミングズの墓の後ろで記念撮影（？）。（右）カミングズの墓。1995年

「びーぐる」２号特集・インタビューのためにご自宅に伺って。2008年10月21日

第２回ガーネット祭にて「鈴木清」朗読。
千駄ヶ谷「津田ホール」2001年9月23日

日本現代詩歌文学館「詩の姿・藤富保男線描展」
オープニングイベント。2009年3月14日

ご自宅の庭。2017年10月17日撮影。

書斎。本が所狭しと積まれていた。
ここでは執筆などすることはなく、執筆は他のあちらこちらの部屋でされていたとのこと（夫人談）。2017年10月17日撮影。

日本現代詩歌文学館「パフォーマンス・ポエトリィ北上」2006年10月15日
（撮影：小野田桂子）

アートドキュメンタリー「Edge」より。
2009年8月22日放映。撮影は同年3月15日
（日本現代詩歌文学館にて）

藤富保男　略年譜

（自筆年譜を元に高階杞一作成）

昭和三年（一九二八）　0歳
八月一五日、東京小石川区（現文京区）茗荷谷二二番地に生まれる。

昭和六年（一九三一）　三歳
杉並区馬橋三―二九六番地へ転居。

昭和八年（一九三三）　五歳
目黒区緑が丘二三四六番地（現二―一一―一五）に転居。

昭和一六年（一九四一）　一三歳
三月、青山師範附属小學校（現東京学芸大附属世田谷小学校）卒。
四月、獨逸學協會中學校（現独協学園高等学校）英語科入学。

昭和一八年（一九四三）　一五歳
本籍地である山口県岡枝村に父と疎開。

昭和二〇年（一九四五）　一七歳
四月、東京外事専門學校蒙古科（現東京外国語大学モンゴル語科）入学。小学校五年ごろからやっていたサッカー部に入部。
八月一五日、敗戦。奇しくもこの日が一七歳の誕生日。
山口県下関で英連邦占領軍の翻訳アルバイトをする。

昭和二三年（一九四八）　二〇歳
三月、東京外国語大学を卒業。
六月、大田区立大森第十中学校に赴任。英語を教える。
大学サッカー部の友人、井出正隆（イタリア文学）と「ＳＥＴＴＥ」という雑誌をはじめる。

昭和二五年（一九五〇）　二二歳
一二月、北川冬彦の「時間」に加入（一九六三年退会）。

昭和二六年（一九五一）　二三歳
北園克衛宅（大田区南馬込）を近くに住んでいた井出正隆と時々訪ねるようになる。

昭和二八年（一九五三）　二五歳
七月、「ＳＥＴＴＥ」一四号を英文で刊行。これをワシントンＤ・Ｃに拘留されていたエズラ・パウンドに一部寄贈。これが縁でパウンドの弟子であり、来日していた同い年のマイケル・レックと知り合う。このレックとの出会いで大きく人生が変わる。

昭和二九年（一九五四）　二六歳
一二月、北園克衛の推薦でNew World Writing 6号（ニューヨーク）に詩を一篇発表。

昭和三〇年（一九五五）　二七歳
八月、学校の同僚であった大津康子と結婚。

昭和三一年（一九五六）　二八歳
八月、「尖塔」26号より参加（宮岸昭良編集、吉松散平、柴田基孝と四人で一九八八年54号まで）

昭和三二年（一九五七）　二九歳
一〇月、長男、南理《なんり》誕生。

昭和三七年（一九六二）　三四歳
六月、詩人で東京外語大英語科教授の安藤一郎を囲んで英米の詩を読む会「三日会」に入る（一九七三年で終る）。

昭和三八年（一九六三）　三五歳
一二月、次男、真南《まなん》誕生。

昭和三九年（一九六四）　三六歳
四月、新国誠一と「ＡＳＡ」（芸術研究協会）を結成。視覚による新しい詩形成を展示や雑誌で発表。日本最初の国際コンクリート・ポエトリー展（草月会館ホール）に出品。
一〇月、東京オリンピックのサッカー役員。

昭和四一年（一九六六）　三八歳

五月、西脇順三郎を囲む詩の会（通称西脇ゼミ）に入る。
昭和四二年（一九六七）　三九歳
五月、高垣憲正創刊の「蘭」に参加。
昭和五一年（一九七六）　四八歳
六月、詩の愛好者の詩誌「銀曜日」創刊。
昭和五四年（一九七九）　五一歳
四月、奥成達らと「gui」創刊。
昭和五七年（一九八二）　五四歳
四月十日、個人出版社「あざみ書房」創立。第一冊目が茂木さと子詩集『長い道の上のながい雲』。これ以降多数の詩集等を世に送り出す（正確な数は分からないが、六〇冊前後かと推定される）。
昭和六〇年（一九八五）　五七歳
六月、島田瑠里、浜田剛爾の企画によるジョン・ケージの「Winter Music」二〇台のピアノによる演奏会に参加（ヤマハ・銀座）。
一二月、サッカー審判員の功労者として協会より表彰される。
昭和六三年（一九八八）　六〇歳
三月、目黒区立第十中学校退職。これをもって四十年に及ぶ教員生活を終える（この間赴任した学校は四校）。
平成二年（一九九〇）　六二歳
二月、「自作を語る」（ＮＨＫラジオ　45分間）
平成四年（一九九二）　六四歳
四月、青山学院大学文学部の講師に就任（一九九七年三月まで）。
六月、「詩を奏でる」の会はじめる。ピアノ、神武夏子と共に。
平成一一年（一九九九）　七一歳
九月四日、日本現代詩歌文学館「日・独ヴィジュアル・ポエトリィ展」のオープニングイベントに高橋昭八郎氏と共に出演。
平成一三年（二〇〇一）　七三歳
六月、南米コロンビアの国際詩祭の帰途ニューヨークに立ち寄り、知己の写真芸術家マリエット・チャールトンに会う。これ以前、一九八六、八九、九二、九五年にもカミングズの足跡を求めて渡米し、そのつど女史にも会っている。
平成一四年（二〇〇二）　七四歳
六月、日韓ワールドカップ・サッカー八試合を巡回観戦。
平成一五年（二〇〇三）　七五歳
六月、Marché de la Poésie（パリ）参加。
平成一六年（二〇〇四）　七六歳
六月、伊勢谷小枝子とカミングズ追悼冊子「CHOCORUA」をはじめる。二〇〇八年九月刊の一〇号で終了。
平成一七年（二〇〇五）　七七歳
六月、エストニアのタルツ、ラプラ、タリンにて「藤富保男展」が開催され、話をまじえつつ巡回。
平成一八年（二〇〇六）　七八歳
十月十五日、日本現代詩歌文学館「パフォーマンス・ポエトリィ北上」に伊藤元之、高橋昭八郎両氏と共に出演。
平成二一年（二〇〇九）　八一歳
日本現代詩歌文学館「詩の姿　藤富保男線描展」開催（三月一四日～四月一二日）。三月十四日、オープニングイベントで講演。
平成二二年（二〇一〇）　八二歳
五月二三日、日本現代詩人会「日本の詩祭」において〈先達詩人〉の顕彰を受ける。後、同会名誉会員となる。
平成二九年（二〇一七）　八九歳
七月五日朝、トイレで倒れ緊急入院。転移性骨腫瘍との診断。
八月三一日、病院より一時帰宅。
翌午前八時一二分、自宅にて永眠。

著作一覧

詩集

コルクの皿（SETTE・一九五三）
8月の何か（国文社・一九五四）
鍵られた部屋（時間社・一九五九）
正確な曖昧（時間社・一九六一）
魔法の家（芸術研究協会・一九六四）
是非の帽子（思潮社・一九六八）
今は空（思潮社・一九七二）
藤富保男詩集（思潮社・現代詩文庫・一九七三）
風一つ（思潮社・一九七四）
言語の面積（思潮社・一九七七）
新聞紙とトマト（国文社・一九七九）
笑門（点々洞・一九八二）
文字文字する詩（点々洞・一九八三）
一体全体（花神社・一九八五）
山田（花神社・一九八五）
大あくび（思潮社・一九八九）
やぶにらみ（思潮社・一九九二）
サディ氏人相書付（書肆山田・一九九四）
文字の正しい迷い方（思潮社・一九九六）
点（京成社・一九九六）
客と規約（書肆山田・一九九九）
第二の男（思潮社・二〇〇〇）
教唆三昧（あざみ書房・二〇〇三）

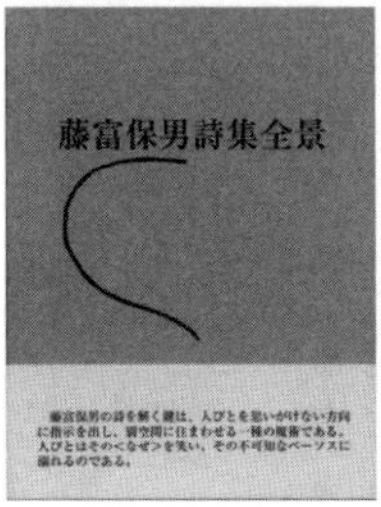

誰（思潮社・二〇〇四）
逆説祭（あざみ書房・二〇〇七）
藤富保男詩集全景（沖積舎・二〇〇八）
一壺天（思潮社・二〇一四）

翻訳

カミングズ詩集（ユリイカ・一九五八）
95poems から（尖塔・一九六二）
E・E・カミングズ詩集（思潮社・一九六八）
まざあ・ぐーすのうた（サンリオ・一九七八）
エリック・サティ詩集（思潮社・一九八九）

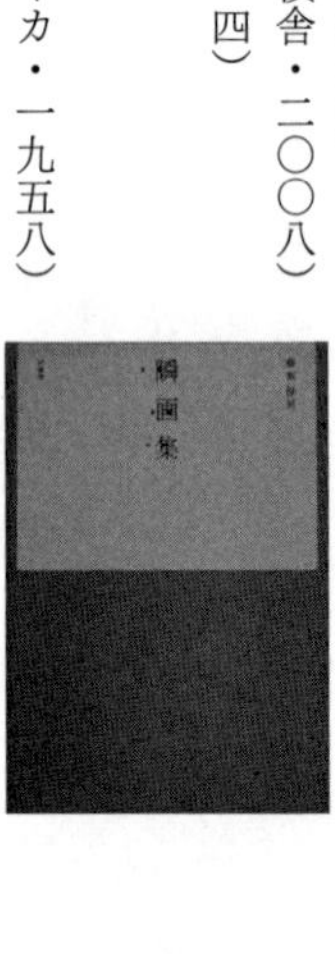

童話

ハテナさんの冒険（エルム・一九七六）
靴をはいた青空Ⅰ・Ⅱ（六人の詩人たちによる童話アンソロジー・出帆新社・Ⅰ・Ⅱ共に一九八〇）
小さなわたしさん（翻訳・旺文社・一九七九）

絵本

かいもの大すきピンキー・ブー（学研・一九八五）
やさいたちのうた（福音館・一九八七）

散文集

パンツの神様（TBデザイン研究所・一九七八）
評伝　北園克衛（有精堂・一九八三　新装改訂版／沖積舎・二〇〇三）
一発（箴言と絵詩）（矢立出版・一九九五）
詩の窓（思潮社・二〇一一）

その他

CD「Whatnever」（日本語・英語による）（highnoonmoon USA・一九九八）
瞬画集（沖積舎・二〇〇四）
詩画集「魔法の家（抄）」（画及び発行・池田忠利）（二〇一四）

編著

句集・北園克衛「村」共編著・高橋昭八郎／船木仁（瓦蘭堂・一九八〇）
全詩集「北園克衛全詩集」（沖積舎・一九八三）
全詩集「岩本修蔵詩集成」（ブルーキャニオンプレス・一九八九）
選詩集「谷川俊太郎」（ほるぷ・一九八五）
選詩集「E・E・カミングズ詩集」（思潮社海外詩文庫・一九九七）
選詩集「スポーツ詩集」共編者・川崎洋／高階杞一（花神社・一九九七）
遺稿集・柴田基孝「別の場所から」（あざみ書房・二〇〇四年）。
「北園克衛エッセイ集」（沖積舎・二〇〇四）

講演・個展等

海外での講演（「　」内は演題）

「日本の現代の詩人たち―北園を中心に」（USA・一九八六）
「日本の一〇人のヴィジュアル詩のアーティストたち」（コロンビア・二〇〇一）
「日本の詩」（ルーマニア・二〇〇二）
「詩の二つの窓」（フランス・二〇〇三）
「日本の文字の概説」（フランス・二〇〇三）

個展及グループ展

藤富保男素描展（ギャルリ・フィナール／銀座・一九八一）
会田綱雄・三好豊一郎の二人と三奇展：フィナール詩展：ヴィジュアル詩展（ギャルリ・フィナール／東京・一九八一～一九九七ほぼ毎年）
藤富保男展（孤島／名古屋・一九九三）
藤富保男リトグラフ展（ギャルリ・フィナール／目黒・一九九五）
藤富保男展（Bangor-Brewer／メインUSA・一九九六）
藤富保男シルクスクリーン展（ギャルリ・フィナール／目黒・一九九七）
日本ヴィジュアル・ポエトリィ展（サテリット／パリ・一九九七、九八、二〇〇〇、〇一、〇三、〇四）
日・独ヴィジュアル・ポエトリィ展（日本現代詩歌文学館・一九九九）
日本ヴィジュアル・ポエトリィ展（北海道立文学館・二〇〇一、二〇〇二）
壱の会（粕谷栄市、小紋章子、小池昌代、新井豊美）毛利画廊・画廊「響き」／銀座・二〇〇二、〇三、〇四）
藤富保男の詩と絵の展示（二〇〇五・エストニア）
パフォーマンス・ポエトリィ北上（伊藤元之、高橋昭八郎、神武夏子、荒井隆明各氏と。日本現代詩歌文学館・二〇〇六）
詩の姿　藤富保男線描展（日本現代詩歌文学館・二〇〇九）

眼鏡を洗う

井川博年

公園の池の亭の手摺にもたれて
水面を眺めていると
日頃ははっきり見える水鳥や水草が
ぼんやりとしか見えない
眼鏡のせいかしらと老眼鏡を
公園の中央にある岩で組んだ小山の
2メートルほどの滝から落ちる
せせらぎの水で洗ったら
驚くほど綺麗になった。
それをかけて池を見ると
見える見える
水草や鴨や鯉の泳ぐのまで

はっきりと見える。
――白内障じゃなかったのだ
ほっとして木陰のベンチに行き
持ってきた文庫本を広げる。
こちらの字は小さくて読みづらい
本は大きな活字本でなくちゃあ駄目だ。

渡良瀬川

岸田将幸

(二〇一七年十一月二日、栃木・足利を訪れ渡良瀬川を久しぶりに渡った。格別のゆかりもないのだが、渡良瀬川を渡るということに妙な感慨があるものだ、と思った。おそらく、「渡」という漢字に反応したためだろう。橋を渡りながら、渡り直すということを確かめた。昨年末に、東京を引き揚げたのだが、他人の目が表面上少ない分、空を見ることが多くなった。立ち止まることの少ない都会の路上では、空を見上げるのにさえ気を使ったが、そのようなことはもうない。空と川があり、歩いている。空の青みの遠さが土手に生える草に緑の輝きを落としていた。視野は漠然と大きいものを含みつつ、私は屈託のない心理とはどのようなものだろうかと考えていると、横切って捉えられる一瞬の鳥影があった。わずかに空を振り返っていた)

*

忘れる者の群れを侮蔑する自己破壊的な愛の人間が消えた
粉々の砂状に飽き足らず、さらにえぐられ潰されようとする河岸の粉々の砂にまみれる
目を背けたくなるほどの善きものに口を乾かし記す者の名が消えた

きみはずいぶん傷ついていた
傷ついた分だけ、他人を傷つけた
それを当然だと思っていた
そして、傷ついた物語を読んで自分のために泣いていた
奇跡的に美しかったこの世の雫が、乾いて
それは細やかな灰
ぼくは動く肉と骨
鳥のように、一日を
きみは鳥のように
自分の呼吸を信じる
過去より現在、現在より未来を信じる
結局は最悪に終わるということがこの世で学んだ一番のことならば、きみは
何ひとつ悪くなかったのだ

冷めた怒りをちぎっては丸めて川の向こうに投げ飛ばしている
これ以上、書くべきことがあるなら書いたらいい
この世は美しかった
それから延々潰し伸ばす

スポーツジムはあくびする

黒田ナオ

立ちのぼる汗の匂いと一緒に
スポーツジムの天井に
溜まり続けている

ぱたぱたと羽音をたて
区民センターの三階にあるスポーツジムは
見えない翼の
気配ばかりがにぎやかで
にぎやかなのに退屈で
やってくる人々は
リタイアした人生の
やり残したいくつかを捨てるに捨てきれず

スポーツドリンクと一緒に
ごくりと飲み込んでは
もう胸がいっぱい
前にも後ろにも進まない自転車をこぎ続け
歩いても走っても
マシーンの数字ばかりをのぞき込んでいる
節電モードに暖房のきいたジムの天井では
溜まり続ける翼たちが
澱み渦巻き

空気入れ替えましょうね
と、赤いポロシャツ姿のコーチが
次々と重たい窓をこじ開ける瞬間を
ざわめきながら
待ち続ける

さよならカワイイモンスター

永方佑樹

目にそそぐひかりを　　つぶやくよう、かえり見る　　にぎわしさ惜しみなさ
　　　　　　はらい　　　　　　　　　　　　　原宿
（ウン夢じゃない）（　　たい）（とうとう来た）（　　さっきなに話したかな）

わたし、みとれて　　ころび尾けるばかりで、往還をくりかえすほど
　　　　　　ほ　　　　　　　　　　　　　　　　　　　ひだり
（言葉に意味なんて　　んとないんだよ）（それより食べようよ）（みぎ　　　そこ！）

ならされながら　　　たのか　見るはずの夢のうわべをひとすじ、あるき尽きた
　　　　見落とし　　何か
（カワイイ）（　　　禁止　　他は？）（コットンキャンディ!、シュガーミルク）

ここを、去る　　　　　　（かんなぎの木群れから）
　　　さよならカワイイモンスター
（だからもう　　　　　　）今日から始まる、わたし

　　　（鉄路をたどり）（さか向きに）（循環をつらぬき）
ここで、今　　　　　　　　　　　これから

『或る婦人の肖像』

細田傳造

かんこくへいってきた
かんこくでたいしたものを見なかった
とうきょうへいってみた
とうきょうへはなんべんもいった
とうきょうでたいしたものを見なかった
大阪へはいったことがない
大阪はどや？
大阪の男に電話できいた
どやってなにがどや？
あれにきまってるだろ
あほ。ほなもんみなおなじや

居住地の
田舎の木の下の

すこし乾いた草の上で
イギリスの小説
『或る婦人の肖像』をひらいてみた
たしたものを見なかった
みんなおんなじだね
深呼吸をひとつして
本を枕に田舎の木の下で
すこし眠った
田舎の木のおおきな布きれの葉っぱがいちまい
額の上におちてきた
なまあたたかいぬるっとしている
かすかに海のにおいがしている
「ああ」とうなずて目をあけた
ゆうぐれの空がひらいている
あかい雲がながれている
彼方の山並みがくろぐろとひかっている
「あああれ」たしたもの
を見たような気持が
した

及川さん

丸田麻保子

あれから及川さんが
よく訪ねてくる
前はたまにしか会えなかったのに
ちょくちょく会うようになったのだ

昨日はいっしょにファミレスに行った
今日はパチンコ
明日は映画のレイトショー

今さらという気がしなくもないけど
気がつくと
そばにいて

前よりこころが
通い合っているのだ

平気で訪ねてくるのだ
ちょっと
こっちに忘れ物
なんて顔してね

セピア色のノートから【5】

――「詩芸術」の頃⑤山本かずこ

高階杞一

　同じ頃「詩芸術」に投稿を始めた人に山本かずこがいる。前号で取り上げた木野まり子とはまったくタイプが違う。木野の詩が言語の奇抜な組み合わせによって構築した夢想空間だとしたら、山本の詩は日常を舞台にした抒情詩だと言える。また、木野の詩が少女性を帯びたものだとすれば、山本の詩は官能性を帯びたものだと言える。と言っても山本が性的なことを直接書いているわけではない。詩の行間から女性の官能がにじみ出ているような、そんな詩だと言える。そしてこれこそが山本かずこという詩人の最大の魅力となっている。これまで出た詩集のタイトル、『愛の力』『リバーサイド　ホテル』『愛人』『失楽園』『愛の行為』などを見ても、性愛へのこだわりが窺える。

　これは詩を書きはじめた頃からの特徴だろうか？

　彼女の詩が「詩芸術」に最初に登場するのは一九七四年七月号で、ここでは「山本和子」という筆名（本名？）になっている。次の八月号では「山本かず子」という筆名に変わる。同じ名前の詩人がほかにもいるので断定はできないが、作風からしておそらく彼女の詩に間違いはないと思える。このあと一年近く間をおいて、一九七五年五月号に「山本かずこ」という現在の筆名で再登場する。「十月の告発」と題された次のような作品。

ホットドッグは　しょっぱすぎて
あたしは　あなたの顔ばかり
眺めていた
十月の風は　膚寒く
腰を下ろしたベンチに
マッチをすり
ほんのひとときを
炎の中に過ごした
戒厳令の公園には
再び暗い夜が充満し
退屈しはじめた　あたしたちは
缶蹴りをして　遊んだ

誰ともなく　歌いはじめた
いんたぁなしょなるは　やがて
東京中を占拠し
ぶよぶよした　機動隊の
その鈍感な肢体が
奇妙に　揺れ動く
(中略)
じゅらるみんに　向かっていった
あたしの足に
ブーツがはかれ　足早に十月を
通りすぎてゆこうとする
この十月
十月の風が告発する
おまえの位置を明確にしろ
おまえの位置を明確にしろ

あのとき　捨ててしまった
ホットドッグは　いま
どこにあるのだろう

書かれたのが一九七五年だから、もう七〇年安保闘争の過激を極めた時期は過ぎている。「戒厳令」など戦後の日本では一度も布かれたことがないので、これは思い違いか、それとも政府の強硬な姿勢に対して批判をこめてわざとそうしたのか、どちらか分からない。後半の「おまえの位置を明確にしろ」という書きぶりからは石原吉郎の影響なども見て取れる。これは安保闘争のさなかにいた頃の思い出と重ねて現在の心境が書かれているのだろう。それにしても、山本かずこの詩でこのような政治に触れたものは珍しい。ただ主題は政治ではなく、あくまで「恋」である。安保闘争下の炎と恋の炎を重ね、そしてその熱く燃えていた恋の終わりを、捨ててしまったホットドッグに重ねて描かれている。

このあと彼女の作品は毎号載るようになる。そしてこの年の十二月号には作品三に昇欄している。投稿を再開してからわずか七ヶ月。驚異的な速さである。質の高さが認められた結果だろう。

作品を通してだけ知っていた彼女と、やがて実際に会うようになる。初めて会ったのはいつだったか。古い日録を調べたら、一九八一年一月二十八日池袋で、となっている。ちなみにその二日前には藤富保男氏と、その翌日(二十七日)には荒川洋治氏と会っている。どちらも初対面だから、この上京時に一度に三人の詩人と顔を合わせたことになる。

それはともかく、ここは山本かずこ。どんな所でどんな話をしたのか、例の如くまったく覚えていないが、初対面の印象は物静かで上品な大人の女性という感じだった。

　彼女と会うきっかけになったのは、本欄二回目に書いた、僕を詩に導いた女性で、当時妻となっていた江嶋みおうが一九八〇年五月に創刊した「愛虫たち」（現在も続いています）という詩誌の創刊同人に山本かずこがいたことによる。江嶋は山本の詩に惚れ込んでいて、詩誌を立ち上げるに当たって同人参加への熱烈なラブコールを送ったようだった。まあそういうこともあり、上京時に会うことになったのだと思う。

　これ以降、頻繁に会うようになる。会う時はたいてい夫で「詩学」の編集者でもあった岡田幸文が一緒だった。この年（一九八一年）の八月には二人が大阪の我が家に来て泊まったりもしている。こちらも上京時には何度かお宅に泊まらせてもらっている。

　そんなふうにして八十年代には本当によく会っていた。年に二回から三回ぐらいは会っていた。そしてその飲み会の席にはいつも何人もの同世代の詩人たちがいた。思い出すところを列挙すると、木野まり子、五月女素夫《そとめそふ》、中村不二夫、そして少し年齢は下だが「愛虫たち」14号（一九八四年）から同人になった木坂涼など。日録には、「詩学社で発送の手伝い」などと何回か書いている。一宿一飯のお礼（？）に詩学社のお手伝いもしていたようだ。

　こんなに親しく、頻繁に会っていたのに、九〇年代に入ってから会わなくなった。最後に会ったのは、日録で調べると、一九九〇年六月三日（日）になっていた。これはH氏賞授賞式（日本の詩祭）の翌日。ほかに木野まりこ、五月女素夫の名前も見える。次に上京した翌年六月五日の飲み会に山本かずこの名前は見えない。この時か、その次の上京時だったか忘れたが、木野さんから、山本さんは忙しいから誘わない方がいいと言われた。年に一回か二回ぐらいのことなのに変だな、と思いながらも、その言い方がかなり強い調子だったのでそれに従うことにした。こちらも生まれてきたこどもが先天的な難病を抱えていたため、上京する機会が減り、上京しても以前のように長く滞在しなくなった。さらにH氏賞受賞を機に新たな知り合いができ、彼らと会う機会が増え、上京時に会うメンバーも少しずつ変わっていった。そんな複合的な要素が重なって、会わなくなっていったのだと思う。別にケンカをしたわけではないので詩集や詩誌のやりとりなどはそれまで通りしていたのだが、それも少しずつ途絶えがちになり、今ではまったく音信不通になった。

　ここで少し山本かずこのプロフィールを記しておきます。

一九五二年一月六日高知市生まれ。第一詩集は『渡月橋まで』というタイトルで、一九八二年十月に刊行されている。二十代の初めから詩を書いてきたにしては遅い刊行だと言える。しかし、その分厳選した作品ばかりを集めた充実した内容となっている。その中から好きな一篇を紹介します。

夏休み

淀川では
風は彼岸から吹いていた
飛び去ってゆく飛行機の白いボディを
いくつか見送ったあとも
やっぱり風は彼岸から吹いていたので
わたしたちは
土手にはえた二本の草木になってしばしの間揺れること
をした

どちらからともなくした接吻は
今が最高の時だったからだ

8月の大阪
土手を離れたわたしたちは
そのあとひまわりの花を見た
ひまわりの花を見て
ソフィア・ローレンの映画
「ひまわり」について語り合えたのもやっぱり
今が最高の時だったからだ

この詩は前述した一九八一年八月に二人が大阪市内の我が家に泊まりがけで来た時に作られたものだと思う。家のすぐ近くに淀川が流れていた。近くと言っても家から三百メートルぐらい離れていて、二人だけでは行けなかったはずなので、僕と江嶋みおうもいっしょに行ったのだと思う。そのあと、また二人だけで行ったのかもしれないが。

山本は「今が最高の時だった」と書いている。四人の関係もまたそのときが「最高の時」だったのかもしれない。ディスコでだったかカラオケでだったか、岡田幸文がはちきれんばかりに踊っていた姿なども懐かしくよみがえってくる。

人はいつまでも同じ所にいることはできない。時の流れとともに、それぞれがそれぞれの道を運命のように歩いて行くしかない。

【連載】

『夢と目覚め——子どもたちのための物語集』（5）

イツハク・カツェネルソン／細見和之訳

ミカエルと彼の目

1

　彼はよい天使のミカエルではなくて、六歳の男の子です。違いは大きいですね。一方は神の天使で、いちばん高い世界に住んでいて、太陽に寄り添い、星から星へと、何でも好きなもののうえに浮かんだり、飛んだりしています。夜には月のうえで眠ります。他方は——幼い子どもで、地上にある村の一つに暮らしているのですから。

　たしかに、天使ミカエルと男の子ミカエルの違いは大きいです。けれども、多くのひとは少年のことを間違えて、この地上で暮らすために下の世界へ降りてきた小さな天使と考えていました。なぜなら、幼いミカエルは、ほら、歩きながら、二つの目で何でも手なずけることができたからです。周辺の村には何匹かの犬がいて、じつに傲慢でした。比べようもない吼え方をしていました。ミカエルが暮らしていたところもそういう村の一つで、どの犬もいつでも噛みつこうとしていました。ところが、ミカエルには、彼の顔を犬のほうに向け、じっと見つめるだけで充分でした——彼が見つめると、犬は、彼の足元にうずくまり、彼のほうにしっぽを振るのでした。屋根のうえでさえずっている鳩たちとすこし遊びたいと思ったときには、幼いミカエルは、鳩たちに呼びかけるのではなく、目を鳩たちのほうに向けました——すると、軽やかな鳩の群れが飛び立って、彼の肩にとまるのでした。

　ミカエルにはもう「ラビ〔ユダヤ教の指導者〕」がついていました。ラビがミカエルにアルファベットを教えているとき、ミカエルがメムとサメフ、ギメルとヌンを取り違える、ということがありました。ラビは彼を叱りました。それらの文字はたがいによく似ています。ラビ自身も、ミカエルのように本で読んでいるのでしたら、きっと間違えて、これらの文字を取り違えていたに違いありません。ラビにとってたいへん幸いだったのは、本を読むことが許されていない、ということでした。本だと文字の違いは大きくはありません……。ほら、ミカエルがまた間違えました。するとラビがもう一度彼を叱ります。そして、彼が三回目に間違えるときには、ラビは彼に向かって手を振り上げるでしょう。けれども、そういうとき、ミカエルは彼の両目をラビのほうに向けるのです——すると、ラビの手は力をそがれて、もう彼の額にふれることはないのでした。

2

休みの日に、村の青年のひとりが立ち上がりました。彼の名前はイヴァンですが、村の青年たちは彼のことをゴリアテと呼んでいました。体が大きくて、力がとても強かったからです。その彼が立ち上がって、小柄なヘブライ人たちに向かって言いました。「さあ、一緒に闘おう！」

すると、ヘブライ人の青年たちは彼と闘うのを恐れました。彼らは心のなかでこう言いました。「ゴリアテはほんとうにここにいるが、聖書のなかのダビデは私たちとともにはいない」

そのとき、イヴァンは服の袖をまくりあげて、言いました。「さあ、若者よ、ここに出てきて、私と闘え、私がお前たち全員を殴りたおしてやる！」――その言葉とともに、彼は両手の拳を彼らのうえに振りかざしました。

ヘブライ人の若者たちは彼から身を背けましたが、ひとりだけ引き下がらない者がいました。ミカエルでした。

イヴァンは、まだひとりその場にとどまっているのを見て、その少年のほうに駆けてゆきました。怒りにかられて、彼は自分を押えることができませんでした。とはいえ、イヴァンは近づいてきましたが、ミカエルがまなざしを向けたとき、彼は立ちどまりました。しばらくじっと立ちどまり、またしばらくして、後ろへ退き、顔色を変えて、彼から立ち去ろうとしました。

それにしても、それはまったく奇跡に見えました！　イヴァンが歩き、ミカエルの両目がそのあとを追いかけていたのです。彼は自分の家のほうにやって来ました。するとミカエルの両目も彼と一緒にやって来ました。

イヴァンはお父さんを目にしました。お父さんの名前もイヴァンでした。お父さんはぶどう酒を瓶から飲みながら、腰かけていました。イヴァンはお父さんのイヴァンに語りかけました。「どうか、私を隠してください、二つの目が私を追いかけてくるのです！」

お父さんは彼に言いました。「お前の目を閉じてごらん！」

イヴァンは目を閉じて言いました。「目を閉じましたが、まだ二つの目は私を追いかけてきます」

お父さんのイヴァンは瓶を息子の口に差し出して、言いました。「この苦いもの、とても苦いものを飲んで、悔い改めて、お前自身を癒やしなさい」

イヴァンはその瓶から飲みました。一口、二口、すすりました――ぶどう酒は彼の戦闘意識を混乱させました。すると、二つの目は道をそれ、消えて行き、もう存在してはいませんでした。

ゴリアテであるイヴァンが逃げるのを目にした、小柄なヘブライ人たちは、翌日、この出来事を彼らのラビに告げました。ラビはそれを聞くと、自分のところにミカエルを呼んで、彼の頬を撫でて、言いました。「お前は強い人間だ。イヴァンをお前は血を流さずに打ち負かした。幸いなる者よ！」

これらの出来事すべてを耳にしたラビの妻、エマレイアも同意しました。「ミカエルのすることはダビデよりも驚かせます。ダビデはゴリアテを石で打ちましたが、ミカエルはイヴアンを両目で打ったのです」

3

ところで、盗賊によるあの事件——それは、この世の中、つまり、ミカエルのことを知らず、彼の目を見たことがなく、彼を信じているのではない多くの人々にとっては、大きな奇跡の一つでした。その事件とは、こういうものでした。

ミカエルのお父さんは、大きな畑と果樹園を持っていました。畑はお父さんにたくさんの穀物を、果樹園はたくさんの果実をもたらしていました。そのうちの少しを彼らは食べて、残りは、町の人々がやって来て、お金を払って持ってゆくのでした。さあ、刈り入れのあとのその日、麦打ち場も倉庫も、小麦で一杯でした。町から商人たちがやって来て、たくさんのお金を払って、ミカエルのお父さんの小麦を買ってゆきました。

麦打ち場も倉庫も空になりました——その扉はかんぬきがかけられていず、風に打たれていました。

風が泥棒のようにやって来て、広々と扉を開け放ち、なかへ入り、なかが空っぽなのを確かめて、外へ出て、ふたたび扉を閉じました。しかし、すぐに風は、なかが空っぽだということを忘れて、またやって来て、扉を開いては、また閉じました。開けては閉じる、一晩中、その繰り返しでした。

それに対して、ミカエルのお父さんは、家を鍵とかんぬきで閉じていました。なぜなら、家には、小麦を買った商人たちが支払った、お金の袋があったからです。

そのことを森の盗賊は知っていました。その悪人は、ミカエルのお父さんのそのお金が欲しくてたまりませんでした。その男はどうしたでしょうか？　彼は三日三晩、森の奥深くに潜んで、ナイフを鋭く研いでいました。オオカミが通りかかって、吠えました。「お前さんはおれ様を殺そうっていうのかい？」

「あんたじゃないよ、我が友よ」と盗賊は答えました——「ミカエルのおやじさ。おれと一緒に行って、手伝ってくれないか」

オオカミは喜んで同意して、盗賊の味方になりました。

ヘビが通りかかってたずねました。「お前さんはおれ様を突き刺すつもりかい？」

「あんたじゃないさ、我が兄弟よ」と盗賊は答えました——「ミカエルのおやじさ。おれと一緒に行って、手伝ってくれないか」

ヘビは喜んで同意して、彼の左側に立ちました。

彼らのまえに雌のヒツジが一頭やって来ました。そのヒツジは、群れからはぐれて、歩いていました。そのヒツジは、きらきら光るナイフの姿に恐れおののいて、問いかけました。

「あなたは私を引き裂くつもりですか？」

「あんたじゃないよ、間抜けな奴よ」と強盗は答えました——「ミカエルのおやじさ。おれと一緒に行って、手伝ってくれないか」

ヒツジは、彼と一緒に行って彼らの手伝いをするのを拒んで、言いました。「ミカエルのお父さんはよいお方で、私はお父さんの小屋に住まう身です」

盗賊はヒツジに飛びかかって、殺しました。オオカミはヒツジの血を飲み、盗賊はその肉を食べましたが、ほこりが食べ物であるヘビは、その光景を見て楽しむだけでした。ヘビたちの性質は、他の者たちの幸福を喜ばしく感じる、だからです。三日目の夜、ナイフがたっぷり研がれたとき、強盗は仲間たちとともに立ち上がり、村のほうへ歩いてゆきました。彼らは家のところまでたどり着き、閉まった扉を見つけました。強盗はその扉を壊そうと近づきました。するとヘビが彼にこう言いました。「あんたが扉を叩いたら、村の連中までが耳にするさ。おれが屋根にあがって、煙突をとおって家のなかに忍び込むほうがいいぜ。そしたら、お前さんたちのために扉を開けてやるさ！」

「あんたは賢いなあ、おれのヘビよ、さあ、這い上がって、進んでくれ！」と大喜びで強盗は叫びました。

賢いヘビは屋根へのぼり、屋根から煙突のなかへと進みました。そして、しばらくしたあと、オオカミと盗賊は、扉近くで、なかでヘビが這っている音を耳にしました。彼らのまえで扉が開かれ、彼らはなかへ入りました。部屋は真っ暗で、その先へと歩くことができませんでした。強盗はナイフを引き抜きました。ナイフの刃が暗い部屋できらめき、彼らのために第二の扉を照らし出しました。彼らはその扉を開き、一緒に入ってゆきました。

するとそこは寝室でした。

ベッドの一つには、まさしくミカエルのお父さんが眠っていました。お父さんの頭は布団からはみ出し、首までがむき出しになっていました。盗賊の目がきらめき、彼の手のなかのナイフがきらめきました。オオカミの目がきらめきました。そしてヘビはとても楽しげに体をくねらせました。

盗賊がナイフを露わな首に突きたてようとしたそのとき、三番目の部屋の扉が開きました――ミカエルと彼の目がそこにはありました！

盗賊のナイフが手から落ちました。オオカミはひざまずき、それからミカエルの足元にうずくまりました。そして、ヘビは体を巻いて、隅っこに隠れました。

悪党たちは帰りたいと思いましたが、その場を離れることができませんでした。

やがてミカエルのお父さんが目を覚まし、ベッドのそばでじっとしている彼らを見つけました。お父さんは恐れおののいて、大声をあげました。

「お父さん、恐がらないで」とミカエルは叫びました。「この者たちはあなたを傷つけはしません。この者たちは、私に会いにやってきた私の友だちです。さあ、いらっしゃい！」

彼らはみんな、ミカエルの小さな部屋に入ってゆきました。その部屋のなかにはベッドが一つあって、そこに強盗とミカエルは身を横たえ、オオカミとヘビはベッドのしたに体を横たえました。

朝になって、ラビが、ミカエルにフマッシュ［モーセ五書のうちの一書、広義にはモーセ五書］を教えるために、やって来ました。強盗もトーラーの教えに耳を傾けました。「汝殺すなかれ」という言葉に行き着いたとき、強盗の目からは涙がこぼれ、彼は自分のナイフを二つにへし折りました。

よそみの時間
㉝「くしゃみ」
作・森雅之
くしゃみして、
「去年死んだ
父親のくしゃみと
同じだ！」
と、ふいに
気がついて、
妙な気持ちに
なった。
(あんなに
嫌いな
くしゃみだったのに)

毎日
朝早くに出て
夜遅く
帰ってくる、
働きものの
父親
だった。
「働きもの」の
ところが
似ると
良かったのになあ、
と
苦笑いの
年の瀬でした。
おわり

【連載】川はひかって消えてしまう【4】

河口夏実

返り花

急に日がさしてくるように思えた
あいている部屋がアパートにひとつ、道にリリー
と呼びあう花が返り咲いていた
バス通りのあかるい窓
小間物屋に寄り箸置きを買う
天を零れ落ち、ついに横たわる一円玉冷えて
あっさりとした夕暮れがくる
自転車を押す
透きとおる父
かがやく水が
川をながれた

✶

とじて羽ばたく七色の傘、鳥になり
交差点のなか
青空の下イヤホンをして

枇杷の木が立つトタンの屋根が濡れてゆく夢
私はあるき、すばやく遠く消える電車に

憧れている
ビニールの袋に（お豆腐を
入れ）
どこかで出会う人がいる
角を曲がると、寄り添う方へ　帰りつく
一瞬の風がある

★

橋を渡って空中にいる
いつか見ていた隅々の星
やわらかな手を　握りゆるめた
ビル立ちならぶ
雨過ぎたあと、町の匂いは果物を売り　すべてが
ふっと木の枝と揺れ
影伸びている、坂は転がるオレンジを帯び
ドアの向こうの
ひかりが滲む

運動靴を履き

四元康祐

ブルサにて

この枠の
外側で
イルクヌールは
笑っている　まだ

砂利と悲嘆
風と圧政
櫂の音は聞こえない
呼び声も　もう

世紀の紐が
捩れて
大陸の皺が破れて
愛が滲んで

優しさしか
ないのだろうか
この岸辺の眩しさを
やり過ごすには？

枠に凭れて
振り返るイルクヌール
その唇の仰角に
星と三日月

【連載再開】高階杞一を読む【13】

更なる冒険の書『千鶴さんの脚』

山田兼士

『千鶴さんの脚』は、二〇一四年三月、澪標より刊行された、高階杞一の十三冊目の単行本詩集である。初出はいずれも本誌創刊号から第二十一号。本書の成立に関しては、高階が「あとがき」に記しているように、私自身が企画に関与しているので、いくぶん論じにくい面もあるのだが、だからといってこの詩集だけスルーして高階論を進めていくわけにはいかないだろう。できるだけ客観的な——あえていえば純観照的な——立場から、この類まれな冒険の書を紹介していきたい。

まず、四元康祐の写真二十一葉がそのまま動き出して短篇映画になりそうな気配から各作品は始まる。高階の二十一詩篇はその動きを瞬時に止め、別のストーリーへと誘導していく。物語の気配を漂わせる二つのメディアが葛藤相克・融和調合することで、超立体的な作品世界を創造しているようで面白い。稀有な出会いの成果といえるだろう。

一例を挙げてみよう。詩「かもめ」を全文引用する。

街はどうしてこんなに
垂直と水平ばかりなんだろう

わたしは曲線が好き
四角いビルより
曲線だらけの人の方が好き
初めまして
と差し出された名刺の
指から先をさかのぼっていけば
その人の
各地のでこぼこや

紆余曲折が見えてくる
名刺よりずっと本当の姿が見えてくる

これまでずっと
失敗ばかりしてきたけれど
今夜
わたしは
わたしを丸ごと披露する
あなたの前で

ふるえるな足
ふるえるな声

「あとがき」には「詩集にまとめるにあたり、大幅に改稿しました」とあるが、この作品は初出時のままである。タイトル「かもめ」から想像できるように、演劇の舞台に立つ直前の女性、というよりむしろ少女、の心境を一人称で描いた詩だ。だが、四元が高階に提示した写真は、ビルの空中通路（と呼べばいいのだろうか）の途中でポーズをとる女性の姿だ。三つのビルの垂直線と間を繋ぐ通路の水平線が印象的な構図である。その直線の構図を前提に、高階はただちに「わたしは曲線が好き」と展開する。この一瞬の切替は高階が最も得意とする手法の一つだ。角ばった「名刺」よりそれを差し出す「曲線だらけの人」を好む少女は「本当の姿」を見抜く能力の持ち主でもある。

本番を間近に迎えた少女は失敗ばかりの人生を振り返りながら、いま一生に一度のパフォーマンスに向かおうとしている。声や足のふるえを促すのは失敗への不安だろうか、それとも成功への期待だろうか。実に微妙な心理がさりげなく、しかし明晰な言葉で語られている。まるで詩が先にあって写真が後で撮られたかのようにも見える。だが、実際はその逆。

この作品は、詩と写真が寸分の違いもなくぴったり重なっている例だ。言葉と画像の間に隙間が少しもないのである。

しかし、フォトポエムの魅力は、こうした絶妙の重なり具合にのみあるわけではない。むしろ、一見両者が乖離しているかのような(あえていえばミスマッチに見える)場合において、より鮮明にその魅力を発揮する。作品「産卵」を見ていこう。「かもめ」もそうだが、これらのページは見開き二ページ全面に写真が印刷され、文字はその上に重ねて印刷されている。ここでは画面処理の都合で、四元さんから「びーぐる」編集部に送られてきた写真をそのまま(文字を重ねる前の状態で)掲載している。壁の上面に架けられた絵画のあたりを人々が指差し見詰めている映像である。並の詩人なら、ある意味で劇的ともいえるこの画像に、例えば聖書の「エッケ・ホモ(この人を見よ)」のようなイメージや「スーパーマンだ」を重ねたりするのではないだろうか。では、高階はどのような詩で応じたのか。

この詩「産卵」については、最初に「びーぐる」掲載時のテキストを示しておこう。

わたしのふたつに裂けた体から
小さな虫が
つぎつぎと涌いては
とびだしていく

腐臭を放つ水辺をとびかい
交尾をくりかえしては
また
わたしの肉に
無数の卵を産みつけにくる

卵の数だけ
私の目は増えていく

人々が見詰める（海老か三葉虫のように見えなくはない）絵画に、高階は裂けた肉体のイメージを読み取った。その先はいつもの高階らしからぬグロテスクな影像だ。よく見ると、二人の人物が指差している方向は、どうやら絵の中ではなく、それよりやや右よりの壁面のように見える。ということは、絵の中の裂けた身体からとびだした「小さな虫」は絵の外の壁面に蝟集しているということだろうか。その虫たちは腐臭を放ちながら交尾をくりかえし「わたしの肉に」卵を産みつけるので、その度に「私の目は増えていく」と作品は閉じられる。なんともやりきれない苦痛と苦悩と醜悪さの表現というしかない。この展開には、写真を提供した四元さんも相当驚いたのではないかと推測される。高階さんにとっては、自分らしからぬ新たなグロテスク美の獲得だったのではないか。

しかし、高階杞一は、詩集刊行にあたって、このグロテスク美を大幅に推敲して、まったく異なった地点へと着地した。以下に詩集から同題の作品を引用する。

わたしの肉の裂けたところから
小さな虫が
つぎつぎと涌いては
とびだしていく

腐臭を放つ水辺をとびかい
交尾をくりかえしては

また
わたしの肉に
卵を産みつけに戻ってくる

そうして　わたしの中に
無数の目ができる
目の数だけ世界が映る
狂いそうなほど

一行目に微妙な変更が加えられているが、前半はほぼ初出時の形を踏襲している。大きな変更は最終連に見られるものだ。初出では苦痛と苦悩と醜悪さで終わっていた作品が（それゆえに一種のグロテスク美を成立させていたのだが）決定稿では、更に異形の存在を生じさせることで、超現実的空想美にまで届いているといえるだろう。まるでサルバドール・ダリの絵のような、いや、さらに悪夢的な世界像が、言葉の力によって創造されているのだ。例えばトンボの複眼から見た世界でもあるかのように。

四元康祐の写真に対峙し葛藤し苦闘した結果、これまでだれも考えつかなかったような新しい世界を、高階杞一は創出した。これはすでに創造というより発明と呼ぶのが相応しいのではないだろうか。

もう一つ「マリアの肩」を見ていこう。こちらはいつもの高階ワールドを踏襲しつつも、「かもめ」以上に女性一人称の語りが魅力的な作品だ。

神さま
わたしの肩って怒り肩でしょうか？　昨夜、彼から言われました。君の肩ってちょっと怒り肩気味だなって。気味って何、はっきり言いなさいよ、怒り肩だって。わたしはそう言い返し、それからひどい喧嘩になりました。普段ならともかく、昨日はわたしの誕生日だったのです。それなのにひどいと思いませんか。誕生日にわざわざそんなことを言うなんて。わたしだって少しは気にしていたのですもの。だから服だって、できるだけ肩の線の出ない服を選んで買っていたのに、そんなことも知らずにひどすぎます。そんなに怒り肩がイヤなら、なで肩の女を探したら！　そう言って、わたしは彼の家を飛び出しました。寒い夜でしたが、怒りに肩を震わせて（これって、本当に怒り肩ですね）家まで帰ってきました。携帯が何度か鳴りましたが、出ませんでした。今日はまだ一度もかかってきません。メールもありません。このまま永久に連絡してこなくったって平気です。別の彼を探します。肩のことなんてこれっぽっちも言わない人を探します。けれども神さま、男の人ってやっぱりなで肩の女性が好きなんでしょうか。例えば、この絵の中の女性《ひと》のような、ふっくらとしたやさしい肩が……。それであなたもこの方を選ばれたのでしょうか？　もう三時。今日はこの美術館で会う約束だったのに、彼はまだ来ません。
神さま
わたしの肩って、そんなに怒り肩でしょうか？

この作品では、初出形と決定稿との間に、細部において多少の変更はあるが（初出の方にはいくぶんエロティックな言及があった）、大きな相違はない。むしろ変更点は写真と文字の組み方にあって、初出では左ページに写真、右ページは黒字に白抜きで横書きに組まれている。これに対し、詩集では、写真はやはり左ページだが下の方に寄せられて、文字は通常の白地に縦書きに組まれ、左右両ページにわたっている。好みもあるだろうが、やはりこちらの方が内容と合致していて、一般に落ち着いた印象を与えるだろう。

美術館でマリアの肖像を見ながら、前日の諍いに思いを馳せる「怒り肩」の少女の語りで詩は進んでいく。高階特有のユーモア（「本当に怒り肩ですね」）を含む、微笑ましい叙述だ。「神さま」が「この絵の中の女性《ひと》」つまり聖母を好むというのも考えてみればずいぶんアイロニカルなユーモアだ。それにタイトルも。私は最初、語りの主体が「マリア」という名の少女だと読んでいたのだが、いま読み返してみると「マリアの肩」とは聖母マリアのなで肩のことだと分かる。写真の焦点が捉えている怒り肩の少女ではなく、ぼんやり曖昧に写っている画中の聖母こそがタイトルの女性である、というのもいかにも高階らしいずらし方だ。「肩」によって少女の心理、性格を含む全体像を描き出すのは、すぐれて換喩的な詩法でもある。

ここまで三作品を写真と共に紹介したが、本詩集には他にも魅力的な写真詩が多く含まれていて、高階杞一の新境地が鮮やかに示されている。抜粋で紹介しておこう。

巻頭作品「森」は、森のほとりで倒れている人物と樹木を遠景に捉えた写真に、「屍体」をめぐるストーリーを書いた写真詩。「今日も／恋人たちが森の奥へ消えていく／やがてまた／男の悲鳴があがるだろう」と、繰り返される惨劇を暗示しながら末尾は「若い郵便配達夫が自転車に乗って過ぎていく」と、一見さりげない平和な光景で終わるのだが、その平穏さがかえって惨劇を強調するような不穏さを漂わせている。こういうドラマティックな展開は従来の高階作品にはあまりなかったものだ。

これとは対照的に、作品「海辺にて」では、水着か下着のようなものを吊るして売っている店と老婆の写真（実際には下着だと四元さんから聴いた記憶があるが）に、詩は「去年この海でクラゲに刺されたので／今度は刺し返してやろう／と思って来たのです」と、意表をつく書き出しで、飄々とした不条理が一人称で語られていく。どちらかというといつもの高階ワールドに近い作品である。「そんなに邪魔をするなんて／あなたもクラゲなんだな／きっと」というのもまた、不条理を不条理のままに突き進んで語り切る、という高階作品の読者にはなじみのエンディングだ。

他にも、宇宙空間のような所でSF的展開を見せる「絶対孤独」や、同じくSF的モチーフで書かれた「果樹」等は新境地と呼べるだろう。これに対し、後ろ姿の群衆の写真から「ロンドンのベーカー街あたり」（シャーロック・ホームズで有名な場所だ）を連想して、男女の会話による（まるでラジオドラマのような）ショートストーリーを展開する「ベーカー街の雨傘」や、野外に置かれたテーブルをはさんで椅子に座り向き合っている男女（若くはない）の写真からのどかな人生を淡々と描き出した「ひさかたのひかりのなかで」等は、従来からの高階作品に写真という飛び道具を加えたことでよりリアルな生活感を醸し出している。「かもめ」「怒り肩」と同じく少女の一人称の語りで描かれるのは「雨上がり」。唯一の例外として、一枚でなく二枚の写真があって、写真そのものが動きを表現している。一枚目は少女が立ち止まっている後ろ姿、二枚めは歩き出した後ろ姿。この動きに合わせて、高階の詩は「雨」を「神さまの洗濯」と捉えることで母親のために自分も洗濯をしようと決心するプロセスを軽やかに描いていく。

　最後に、表題作「千鶴さんの脚」を挙げておこう。四元康祐から送られてきた写真は、マネキンの脚らしきものになぜかボルトが突き刺さっている。この「脚」をモチーフに、高階杞一はなんと旧仮名遣いで、古風な女性のイメージを描いた。

千鶴さんと歩いてゐます
砂漠の中を
二人並んで歩いてゐます
千鶴さんは和服です
涼しげな藤色の小紋がよく似合つてゐます
きれいな人だからなほさら
と思ひながら
僕は歩いてゐます
あれからどうなさつてゐらしたの
とふいに
千鶴さんが尋ねてきます
あわてゝ目を逸らし
はあ　まあ　なんとか
と答へます
さう
と千鶴さんはわらひます
僕は千鶴さんのことはよく知りません
あれからとは
どれからのことなんだらう
脚が
ぼんやりと浮かんできます
千鶴さんの脚が
目の前にあつたやうな気がします
暑い
とそのとき確か
消えさうな声で千鶴さんは言つたやうな……
無花果の実のことも覚えてゐます
ふたつに裂かれ
テーブルの白いお皿の上にのつてゐました

僕はあれを食べたのでせうか

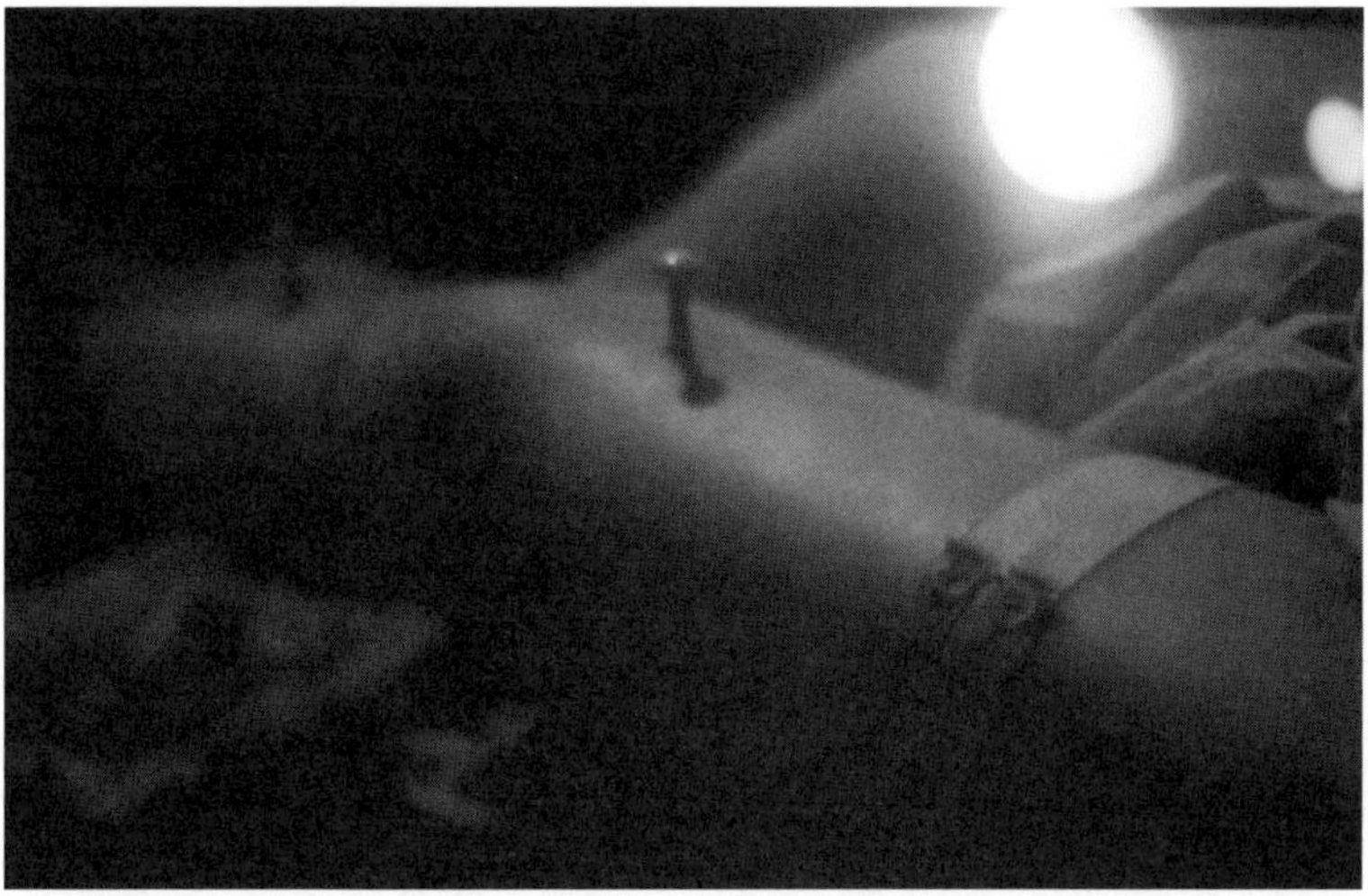

　まるで心理小説の一場面のような詩だが、レトロっぽい設定が写真との偏差を生み出していて楽しい。思わず「そこか」と突っ込みたくなるではないか。これも初出時には見開き全面に写真を淡く配して、文字を上に重ねていたのだが、詩集では左ページ下方にすっきり配置された。より鮮明に写真と詩の異物衝突ぶりが強調されるので、こちらの方がずっといい。「千鶴さんの脚」が「ぼんやり浮かんで」いる（妄想の？）影像が先にあって、写真はその影像をいくぶんデフォルメして後でつけられたかのように見える。もちろん実際はその逆。

　最後に描かれる「無花果の実」は何の喩なのか、それが裂かれるとは？　それを食べるとはどういうことか。さまざまな想像（妄想）を読後に抱かせるのも高階式エンディングといえるだろう。この作品は、従来からの高階詩法が写真の力によっていっそう強化された一例といっていい。

　以上見てきたように、詩集『千鶴さんの脚』は、いかにも高階杞一らしい軽快さと深遠さの共存を保ちつつ、写真という〈外部〉の力を得ることによって新しい実験と発見に満ちた、稀有な一冊になった。そこに四元康祐の奇抜な（と呼んで差し支えない）映像表現からの刺激が介在していたことはいうまでもない。まさに詩と映像の一期一会というべきだろう。新旧様々な技法と発想を自在に織り込んだ本詩集は、今後、更なる詩的冒険を促す起爆剤となるに違いない。

大岡信追悼記念特集

四月に亡くなった大岡信さんは、ロッテルダム詩祭の常連だった。六回招待されて、現地で連詩も巻いている。訃報はたちまち関係者に行き渡り、六月に現地を訪れたときには大岡さんの思い出話が絶えなかった。マケドニア・ストルーガ詩祭のディレクターは、同地の文芸サイトに載った追悼記事を見せてくれた。大岡さんはこの詩祭で名誉ある金冠賞を貰っている。

マコト・オオカを偲ぶ特集を、詩祭のデジタル版であるＰＩＷ（Poetry International Web）で組もうではないかという話は、年に一度の編集者会議の席で自然に湧き上がった。「なにかコラボレーションを伴う企画がいいな」と僕は言った。「マコトは日本の詩歌における共同作業の要素に着目して『うたげと孤心』という画期的な詩論を生み出したひとだから。みんなで連詩でも巻けたらいいんだけど……」

「翻訳を介した共同作業はどうかしら」編集長のリサが言った。「彼が実践していた連詩も、国外でやるときには相互翻訳の要素があったわけでしょう」

話はたちまち纏まって、僕が大岡さんの詩の中から一篇を選び、それを各国の言語に訳そうということになった。エディターたちはみんな翻訳好きの詩人たちなのだ。

もっとも直接日本語から訳すわけにはいかない。共通言語の訳を介した上で、一行ごとに注をつけ、議論しながら進めることに。となると選ぶべき詩もあらかじめ外国語に訳されているものが望ましい。僕は大岡亜紀さんに助けを求めた。彼女は大岡信ことば館とも連絡して、作品リストを用意してくれた。その中から僕が選んだのは「風の説」という三部構成の詩の第二部である。いかにも大岡さんらしい作品だし、一筋縄ではいかない表現も適度にあるから、詩の翻訳の腕試しにはぴったりだ。

雨後。浅瀬あり。／林をたどつていく。／色鳥の繁殖。／物音の空へのしろい浸透。／石はせせらぎに浣腸される。／石ころの括約筋のふるへ。／石ころの肉の悩みのふるへ。／風のゆらぐにつれ／陽は裏返つて野に溢れ／人は一瞬千里眼をもつ。／風はわたしにささやく。／《この光の麻薬さえあれば／ね、螻蛄の水渡りだつて／あなたに見せてあげられるわ》／このいとしい風めが。／嘘つきのひろびろの胸めが。

幸いにもこの詩には英訳と仏訳がそろっていた。英訳は日本在住のJanine Beichmanさん、仏訳はパリにいるDominique Palmeさん。早速連絡を取って転載の承諾を得る。あえて僕の直訳的な英訳も添えてメンバーに送る。三つのテキストの間に生じる微妙な差異こそが、翻訳する上での役に立つだろうと考えたのだ。

結果は英仏のほかに十五ヵ国語の「風の説」が集まった。韓国語、中国語、ビルマ語、トルコ語、ヘブライ語、ペルシャ語、アラビア語、セビリア語、マケドニア語、オランダ語、アイルランド語、オクシタン語、カタルーニャ語、スペイン語、ガリシア語。一堂に会してみると、まさに言葉の風が世界を駆け巡る感がある。

予想にたがわず「螻蛄の水渡り」にはみんな悩みながら楽しんで、自国の諺や独自の表現で応えてくれた。たとえばカタルーニャでは不可能な試みを「猫の足を三本見つける」というのだそうだ。理由は土地の詩人にも分からない。「浣腸」や「括約筋」などの言葉に対する反応も、面白がって乗ってくる人、逆に腰が引ける人、さまざまで面白い。「胸」は乳房なのか胸部なのか胸中なのか、言葉の多義性も言語によりけりだ。

大岡さんのお陰で、世界各地の詩人たちと旧交を温めつつ、詩の普遍性を味わうことができた。デジタル技術を活用した「うたげと孤心」だ。大岡さん、みんなのうた声、聞こえますか？

（２０１７年12月25日公開 http://www.poetryinternationalweb.net/pi/site/home/web）

対論・この詩集を読め（第36回）

小池昌代『野笑』

細見和之
山田兼士

●七年ぶりの新詩集、編集など

山田　今回は小池昌代さんの『野笑』。『コルカタ』以来七年ぶりの詩集です。

細見　そんなに間が空きましたか。

山田　単行本の単著の詩集としてこれが十冊目です。あと、四元さんとの対詩があるんですけどね。二十九歳かな、第一詩集は。それでも三十年ですから、ペースでいえば平均三年で一冊になるんだけれど、それにしてもこの間に七年空いたんだね。意外と出てなかった。今回のはとりわけ私たちに関わりが深くて、『びーぐる』で連載していた「シ・カラ・エ・カラ・シ」。毎回絵と詩を両方とも小池さんから提供してもらっていた。毎回見開き二頁ということで、絵も入れて組んでたわけですね。創刊号から二十五号まで。この二十五篇をそのまま並べるだけで一冊の詩集に十分なる。そうしたら、出てきたものを見ると、『びーぐる』からは確かにたくさん入っていて、九篇。

細見　九篇ですか。

山田　あと、ほぼ並行していた『銀座百点』に書いたものが二つ。『樹林』や『別冊・詩の発見』のものもあって、書き下ろしを加えて全部で二十一篇。それと、意外なほど絵が少ないんですね。

細見　それは僕も思いました。

山田　それに作品を相当書き換えている。たとえば「門」はほぼ『びーぐる』掲載時のまま。絵はなくなっている。それから、「顔と顔」。これは絵も入っている。でもそういったものはごくわずかで、相当絞って加筆していて、絵も外していて、一冊の詩集にする時の小池さんのこだわり方を示しています。絵が邪魔するっていうかね。そういう本人の編集の意図なんかも含めて考えていきたいね。僕は小池さんの本はほとんど読んでいますけど、あまりこれまでのことは気にしないで、新鮮な気持ちで一冊の詩集を読んでいきたい、というのが前置きです。

細見　『びーぐる』では連載ですから常に読者はその詩とその絵だけをとりあえずは見る。それを全部二十五篇まとめた時には、少し違ってくるかと思うんですね。だから、常に一篇に対して一つの絵じゃなくて、ある種のアクセントとして入れていくとか、そういう形を考えられたのかと思う。また、たくさん書いてられるから、『びーぐる』ので一冊、『銀座百点』で一冊とかはなかなか大変で、自分なりにセレクトして一冊のイメージにされたのかと思いました。さらには、そこに書き下ろしが入っていますからね。
山田　これはやっぱりまとめるにあたって必要なものをまとめたってことでしょう。
細見　そういう配置の仕方ですね。

●詩と絵とエッセイ、そして少女性

山田　連載の最後は二十五号でしょ。すごく良い詩なんですよ。単独で見てもね。もうこれで最終回にすることに決めて書いた。「憎悪」という迫力のある作品。これを外したのはもったいない気もする。それと、今号の書評で『幼年　水の町』を取り上げていますが、詩集とほぼ同時に出た小池さんのエッセイ集プラス掌編小説です。『野笑』はそれと話がリンクしている。たとえば『野笑』の「でこ」という詩とまったく同じモチーフが『幼年』の中に出てきます。名前も出てくる。でも、内容はあまり重なってない。子供の頃に知り合いだった友達のこと。その子がおでこの張った子なんです。書かれた時期を考えると、詩のほうが先。詩の方を先に書いて、それを散文でより具体的なところをリアルに描いたのがエッセイ。詩でふっと浮かんだ子供の頃の友人のイメージがあって、そこから散文が出てくる。
細見　小池さんはこの詩集でそういう印象的な他人を書いていますよね。他人を書くことによって自分が描かれるみたいな、そういう書き方をしていますね。そこで、この絵自体、ある意味、暗い絵じゃないですか。表紙にかかってあるのはわりと明るいけど。
山田　これは描き下ろしでしょう。
細見　基本的にわりと暗い絵があって、この暗さは何だろうと思ったら、やっぱり基本的に思春期、年齢でいえば中学生ぐらいの、非常に曖昧で、すごい不安を抱えているような少女。そういうものが大事なモチーフとして絵の中に出てくるし、作品の中にもある。
山田　ただね、作品そのものの雰囲気でいうと、だいぶ変わってきたよね。初期の『永遠に来ないバス』とか『もっとも官能的な部屋』とか、あの辺りまでは本当に思春期から青春期にかけての暗い情念みたいなものをストイックに突き放して物語的に描き、あえて言えば他人事みたいに書いていた。その瑞々しさが特徴だったけど、『ババ、バサラ、サラバ』辺りからかな、ちょっと変わってきて、具体的な他者を描くようになった。それから土地が出てきますね。いろんな所を旅行するようにもなって、サンパウロまで行ったり。
細見　サンパウロは、僕も行ったことがあるんですけど。
山田　最近特に大阪が気になっている。
細見　あとがきでも、小野さんの「歌と逆に。歌に。」に触れています。違う風土の中で出会うものが非常に大事なモチーフになっている。
山田　あとがきにいろんな土地の名前が出てくるでしょ。「大阪、銀座、代々木……」、深川は出てこない。
細見　うん。自分の育ったところだから。
山田　こっちのエッセイ集の方はほんと深川なんです。幼年だから当然ともいえますが。エッセイ集の方では全部深川のこと書いているから、詩はそこから離れていく、おそらく旅とか、異界とか。『コルカタ』がまさにそうで、詩人が遠征していった先で新しい空気に触れて、その摩擦の中から生まれてきたイメージを詩にしている。だから、今細見さんが言った、この暗さが少女期とか思春期の不安に拠るというのがちょっと意外で……。つまりそれは言葉じゃなくて絵の中に、無意識的記憶みたいに出てきているってことなのか。
細見　ただね、現実の年齢のことだけではなくて、中学生、十代の思春期といっても、他人との出会い方の感覚がわりと思春期的だと思うんですよ。ちょっと怖かったり、逆に好奇心をもったり。

山田　たとえば、高階さんの詩なんかがいつまで経っても少年性を失わないとか、谷川俊太郎の子供の詩がいつでも何歳の子供にでもなりきれるとかいうような、ある種普遍的な詩人の能力ですね。小池さんの場合はある種の少女性がどこかにあって、いつもそれと向き合ってる。
細見　そういう感じがすごくして、特に絵なんかにはすごくそれを感じる。
山田　絵は正直に出ちゃう。だからむしろそれを消していったのかなって気もする。

●オノマトペと混沌

山田　もう一つ、少女性とか幼児性みたいなのでいえば、ちょっと変なオノマトペ使うでしょ。たとえば、「門」という詩

うっし　うっし　ぱらいそ
きゅって　へんな　おらりお
門をくぐるとき　落ちてくる
ことばのくず　ことばの砂
人間はみな　狂人である
黒土のなかから生まれた　おれ
土の匂いに　まみれ　汚れて
くるると　ふんど　しまねこ
みえな　どんど　かきあげ
サンパウロ　日本人街の
首の長い　美貌の坂道よ
何百何千の黄色い太陽が
凄まじい音たてて　転がり落ちる
乱立する高層廃虚ビルの壁面に
ラクガキを描いたのは
いったい　誰だ

どっし　どっし　はらいた
くって　げって　すずしろ
ある日　となえれば
いきなり　老いる
一瞬にして　くしゃくしゃになり
ちいさくなって
消滅する　ぱっ
ぎょっと　ぎゃってぃ　はなくそ

細見　おもしろい詩やなーと思いましたね。
山田　独特のリズムですよね。
細見　背景はサンパウロですね、やっぱり。
山田　そうですね。サンパウロの日本人街。
細見　ほんとにね、サンパウロって「乱立する高層廃墟ビル」なんですよ。危ういようなビルがひょろひょろ建っている。
山田　初めから廃墟みたいなビル？
細見　なんかね、くすんでいる。コンクリートそのままみたいな色なんですけど。この詩のオノマトペは意味があるようなないような。「おらりお」、「すずしろ」とかは普通に意味のある言葉だけど、ほとんどオノマトペになっていますね。
山田　そのどさくさに変な言葉を持ってきている。「ぱらいそ」はもちろんパラダイス。これもキリシタンの言葉ですね。「かきあげ」とか「しまねこ」が出てきて、最後は「はなくそ」。わざとそういう汚い言葉を使って喜ぶ子供の遊びみたいな感じじゃない？
細見　「ぎょっと　ぎゃってぃ」はどうしても般若心経の羯諦羯諦を思ってしまう。
山田　呪文みたいな、お経みたいな、そういうところへ詩のイメージを重ねて、サンパウロのある種の混沌でもあれば、サンバのリズムでもあるようなものを表出している。
細見　クリスチャンは多いんじゃないかなあ。日本人街でもね。そういう時の、サンパウロなんかのクリスマス・モード、パレードみたいな、祭りみたいな、そういう感じ。
山田　キリスト教といっても南米でいろいろ変化していて、しかも南米の場合はクレオー

ルが多いし。

細見　日系人も当然入ってくる、そういう民族の混沌みたいなのがあるし、その中で現地化されたキリスト教、日本の隠れキリシタンや土着化したキリスト教というイメージも重ねている可能性がありますね。

●推敲と改変

細見　同じような詩として、「黒い廃タイヤの歌」。これも不思議なオノマトペの詩で、これも初出は『びーぐる』ですね。

山田　『びーぐる』掲載時とずいぶん変わったんです。

細見　初出では「素描」というタイトル。

山田　大震災の翌年です。

細見　「本部から遠く／町ごと押し流され」という二行がありますね。

山田　それが入ってなかったら被災地のことだと分かりづらい。元は詩の行の並びが基本的に逆なんですよ。そして、初出では黒タイヤらしきものがまさしく素描で描かれている。

細見　初出と比べると、真ん中が冒頭のところに置き換えてあるね。

山田　詩集では最初に廃タイヤが出てくるんですね。震災のことは出てこない。ところが、元の形を見ると、前の方に「町ごと流されて」とあるでしょ。はじめから津波のイメージだと分かるように書いていますね。元は後半に出ていた廃タイヤを前に持っていって、「本部から遠く／町ごと押し流され」を後ろへ持ってきた。だからここまで読まないと、震災だと分からない。その途中に「あーはいはー」とか、「うーはいはー」とか、「おーはいふー」とか、奇妙なかけ声が入る。

細見　オノマトペは初出でも入っているけれど、詩集版ではさらにそれが強調されてますね。最後もオノマトペで終わる。「おーはいふー」という最初に置いてあったやつが、「あーほいあー」となって終わる。

山田　こっちでは「うーはいはー」（笑）。

細見　「う」から「あ」に戻っている。

山田　初出を見ると、黒いタイヤがまだ硬くてパンパンに張っているってことで終わる。詩集になると、「パンパンに張りながら」というタイヤのイメージが先に来て、途中で熟していく。そして、「とても軽くなり　自由になった」。そこで、「湧き上がる歌／あーほいあー」で終わる。『びーぐる』掲載時は大震災からまだ一年経ってない。だから、その印象がまだ生々しい時に書いたのが『びーぐる』版で、それを今回、詩集に入れる時に、全面的に改稿した。

細見　これは改稿版の方が「あーほいあー」と歌がそこから湧き上がるのがすごく強調されていて良くなっていますね。

山田　復興への希望とか意欲、そっちのほうに切り替わっている。震災直後は、まずその情景を描いてそこに何かを加える。廃墟のイメージのほうが強いんですね。だからタイトルも「素描」。

細見　その後、歌の方の意識が強くなった。

山田　素描から歌へ。五年くらいの間に変わった分かりやすい例ですね。そう見ると、小池さんの推敲の仕方、作品をまとめて完成へ向かっていく方法がちょっと見えるんですね。

細見　初出と比べて読むとかなり勉強になる作品ですね。あと僕は「草、アナキズム」。これは小池さんの昔からある詩のイメージかと思った。不思議な詩ですけど、初出時のタイトルは「芝刈り」。

山田　これはちょっと変な小池式物語。

細見　とにかく他人の庭でも芝が伸びていると刈りたくてしょうがない人が出てきて「さっきも、そこで――／と言った／さっきも、そこで――／人一人殺してきた／え?」。聞いている側が妄想しちゃう。

山田　「そこで、芝、刈ってきた」って言い換えるわけだけど。これ、うまいよね。

細見　それから、お茶の飲み方。「黒い眼鏡の人は　かぱっと麦茶を飲んだ／口でなく喉で。／そんな飲み方がある」。これやっぱりうまいなあと思いますね。確かに、口でなく喉で飲んじゃう、そういう飲み方がありますよね。

山田　江戸の人は蕎麦を喉で食うというけど（笑）。

細見　タイトルが「芝刈り」から、「草、アナキズム」に変わっているのも面白い（笑）。

●名前について

山田　「ひよこ」もね、実際にそういう友達がいたのか。さっきの「でこ」と同じ十一歳。だけどこれは幼い頃の友達じゃなくて、臨時教師のところにやってきた十一歳、小学校五年生ぐらいの女の子と書いてある。意外とこういうのは難しい。「今日だけの臨時教師」というのを設定して、フィクションで書いているのか、それともある程度事実を元にして、そこで出会った子のことを書いているのか。しかも途中で話がそれていく。

細見　それたところでの話が面白いですね。

山田　ひよこを育てていたら、実はそれが鴨だった。食うわけにもいかないから、放しにいく。後日行ってみたらその鴨が元の飼い主のところへ一直線で戻ってくる。その一直線というところに注目する。「その一直線が／泣きましたよ」／思わず見つめる日耀子の首」。最後にこっちへ戻る。「青くはない／日焼けして黒い」。で、次の頁に日耀子の肖像画がどーんと来る。

細見　日耀子ってまた面白いですね。漢字で「日」が「耀よう」。

山田　音にしたらただの「ひよこ」。こういう名が本当にあるんだろうか。

細見　あってもおかしくはないけど、読めばほんとに「ひよこ」。

山田　小説を書いていると、登場人物の名前をいろいろ考える。子供の頃の同級生の名前を使ったりもしているみたいだけど、字面とかも考えるよね。小説を書くようになってからの小池さんの詩の書き方がここに反映されている気がしますね。

細見　詩集タイトルが『野笑』で、野原の笑いで野笑なんですけど、カタカナでノエミさんが登場しますね。

山田　最初はカタカナのノエミだけだった。詩集にする時にこの字を当てた。ノエミという名前は、日系ブラジル人で、どこに出てくるんだったかな。

細見　「舗道」という作品です。

●手紙としての詩集

細見　それでは「曲がりくねる水の土地」を読みましょうか。でも全部は長いなあ。たとえば、こういうところが好きなんですよ。

遠くの岩肌になすりつけられた白い筋
あれは　滝だよ
止まって見えるが
実は激しく落下している

こういうところが非常に小池さんらしいなあと思ってね。

山田　「水音もここまで届かない」それぐらい遠くにある。中原中也の「黒旗」みたいに。「はたはた　それは　はためいて　いたが」。

細見　「音は　きこえぬ　高きが　ゆえに」

山田　そういう遠近感の使い方。

細見　さらに「手紙」を読んでみましょうか。これは巻末ですね。書き下ろし作品。

こんもりと分厚く盛り上がった手紙
なだらかな
春の古墳のような手紙が
きのう
届いた

ぎっしりと書かれた毛筆の文字が
和紙を通して透けてみえるが
すべては裏側からしか読めず
眺めるしかなかった
放射されるあたたかい文字熱

長く待っていたような気がする
急所に届く
深みからの手紙を。
脅迫状あるいは中傷文あるいは借用願いある
　いは訴状
しかしこれは　これだけは違う
続きながら　ゆるやかに広がる　字と字のあ
　いだ
丸みを帯びた「あ」「す」「み」「て」「ふ」
夢とは常に不可能を生きるもの
もどかしさを。
わたしは裏側から
返事を書く
見知らぬ人は　知っているか
わたしがここにいて
文字の連なりを読んでいること
時折　紙を貫く光があり
そのとき　破れ
侵入する意味がある
けれど　全体は
常に不可解
まぶたの裏
毛羽立つ野原
燃えている一通の手紙

これは山田さんの言われる詩論詩の形になっていますね。

山田　書くことそのものをテーマにしている。

細見　裏からしか読めないとか、「全体は／常に不可解」とか、本当に詩そのものについての詩になっています。

山田　光というのが小池さんの一つのライトモチーフで、『感光生活』ってまさにそうだけど、一貫していますね。和紙を通して「裏側からしか読めず」というこの発想は面白いね。

細見　ええ。裏側から返事を書く。

山田　しかも、春の古墳のようだとか。まあ分厚い手紙ということだけれども、もう少し深読みすれば、古墳って、誰が埋葬者なのか、被葬者なのか、ほとんど謎でしょ。でもすごい存在感がある。そういうメタファーともとれるし、誰かから詩集が届いたということかもしれない。

細見　いろんなことが考えられますね。相手はだけど見知らぬ人なんですね。

山田　丸みを帯びたひらがなの例として、「あ」「す」「み」「て」「ふ」。ランダムに文字だけあげているように見えて、意味がありそうな気がしてくる。相当やっぱり意識して仕掛けていますね。あまり謎解きみたいな解読の必要はないけれど、意図的なものだってことは意識した方がいいですね。

細見　詩集の最後ですからね。最後に全体をもう一度自分で、メタレベルで読み直したような作品になっていると思う。

山田　この詩集自体が春の古墳のようなのかもしれないし、詩集を書いたのはまったく見知らぬ他者としての私かもしれないし、最後に「燃えている一通の手紙」では詩の光が発熱している。詩集とは燃えているものなんだということなのかもしれない。それからまた、一冊の詩集があなたへの手紙ですよ、ということかもしれない

細見　新川さんの特集をやった後だから思うことでもあるけど、新川さんのあの有名な「比喩でなく」。最後は一行の詩というイメージに行き着く。その点で、ずっと新川さんから小池さんまで続いている一つのイメージがあるような気がします。

山田　小池さんは『ラ・メール』出身でもあるし。最近、たかとう匡子さんが『私の女性

詩人ノートⅡ』を出して、最後の章が小池昌代論。『ラ・メール』の時代のことを振り返って、小池さんのある種の奥ゆかしさ、あるいは奥手ぶり、はにかみとか、そういったところを強調していて、その中にはじめから既に物語とか小説に向かっていく気配もあった、と指摘していました。

●「濁音の／軽い抜け殻」

細見　短編小説のように展開できそうな詩もいっぱいありますね。

山田　ただ、これだけ小説を十何冊も書いてくると、物語にできるものは小説で書く。エッセイと詩とか小説とかがリンクするモチーフもたまにあるけれど、詩の中ではあまり物語性を意識しなくなったことはあると思う。

細見　小説、エッセイで書けない最たるものが歌ですね。

山田　だからさっきのようなオノマトペもあるし、リフレインもあるし、独特なリズムのものもある。どうしてもこれだけは詩でないといけないっていうのでいうと、三十頁の「濁音」。小池さんかなりピアノを弾くんですよ。聞いたことありますか。

細見　直接はないですね。

山田　僕は萩原朔太郎賞の授賞式の時に聴きました。舞台の真ん中にグランドピアノを置いて、弾き語りしながらスピーチをするという珍しいスタイル。

細見　何を弾いたんですか、その時は？

山田　その時は自作です。萩原朔太郎の「しづかにきしれ四輪馬車……」という「天景」に曲をつけて、それをピアノで弾き語りでした。で、「濁音」ですが、モーツァルトのピアノ協奏曲二十六番第一楽章の終わりの方に、ふっと不協和音が出てくる。そこに反応するわけです。最初はミスタッチと思ったけれど、誰が弾いてもみんな同じように弾く。これも長いので後半だけ読んでみます。一行空きがあって、コンサートの話が出てきて、その後。

譜面どおり
わかってる
なのに
聴くたび
つんのめる
はっとして
身構えてしまう
まるでその音が
間違いであるかのように
まるで
わたしが
間違いをおかしたかのように

音楽は止まらない
中断することなく
お終いまで行って
そこでいきなり
歩みを止める
一度始まったものが必ずそうなるというように

終わらないものだけが
音の少し先までゆき
やがてすべてが終わったとき

静寂のなか
遅れて水面に浮かび上がってくる
濁音の
軽い抜け殻

最後の二行がすごいね。「濁音の／軽い抜け殻」。これも書き下ろし。やっぱり全体を俯瞰しているような作品です。自分の詩の中の音楽性を何か不協和音でふっとはずしたように感じるということか。それを「濁音の／軽い抜け殻」と表現する。この「濁音の／軽い抜け殻」が小池昌代の詩ですよ、と。

細見　一種のモーツァルト論でもある。小林秀雄的な「疾走する悲しみ」に対して「濁音の／軽い抜け殻」を最後にイメージさせるモーツァルト。山田さん流に言うと、これも一種の詩論詩。一つのつまずきを与えて、そのつまずきがかえって終わりの先を意識させる。

山田　モーツァルトって、すごく心地いいし、快楽だけど、そこに淫していていいのかという反省が出てきて、それを繰り返す。

細見　一方でモーツァルトに閉じ込められてしまう世界があるけど、ここのモーツァルトはそういう自分の閉じた世界に対して不協和音である種の外部を置いているモーツァルトでもありますね。

山田　モーツァルトの音楽の流麗さの中にふっとつんのめるような瞬間がある、そういう発見。やっぱり自分でピアノ弾いたりする人じゃないと、なかなかこういう発見はないと思う。これ一般的な音楽論を途中でやってるじゃない。「音楽は止まらない」とか。「いきなり歩みを止める」とか。そういうことを踏まえながら、でも「終わらないものだけが／音の少し先までゆき」という。つまり沈黙ってことですね。音楽が終わった後の沈黙はいつまでもずっと続く。すると、その静寂のなかから濁音の軽い抜け殻が浮かんでくる。

●わかりやすさとわかりにくさ

細見　この詩集には難しい詩もあって、たとえば「円環」なんかはちょっと難しい作品です。「神の前で、神と共に、われわれは神なしに生きる」というボンヘッファーの言葉が引いてある。ボンヘッファーは、キリスト者としてナチスに徹底抵抗して逮捕されて、信仰を貫きながらナチスに殺されていった神学者ないし牧師の代表。

山田　ある意味で殉教者。初出は『森羅』。つい最近ですよ、今年の五月。書き下ろし以外では一番新しい作品でしょ。二つくらいモチーフが重なっていて、複雑な詩ですね。

細見　一つは昔別れたはずの相手がやって来る、というような設定ですね。

山田　別れた相手と言っているけど、神様ともとれる。

細見　ボンヘッファーの言葉があるんだから。

山田　神様に「あんたねえ」と、ため口で喋ってる。そういうイメージも重なっている気がする。神様が時々姿を現して、それに対して、あんた何しに来たの、みたいなことを蓮っ葉に言う。これも最後は歌なんですよ。

細見　「円環」というタイトルになっていて。「ろーんどばし　わたれー／さあ　わたれー」。これが繰り返される二行なんですね。

山田　これはしかも中庭にいる子供が歌ってるでしょ。どこの国の言葉だろうって言ってて、ひらがなで、日本語ですね。実はこれ、なんか不吉な歌じゃなかった？

細見　ええ。ロンドン橋が落ちる。

山田　だから破局が待っているわけですよ。そういう不穏さみたいなこともあるし、いきなり「マイフェアレディーは登場せず」とか出てくるし。「幸せな円環は／永遠の二行を繰り返すばかり」って。これ、あんまり触れたくなかった、難しいから（笑）。

細見　いや、ちょっと不思議な詩だと思って。

山田　不思議だけど、やっぱり触れたからには少し解析しないといけない。

細見　本当に昔別れた相手がやってきたという形でもあるし、それが本当は神様のような存在でもあるし。

山田　書き出しがね、「ともにいるが／あらわれず／わたしのほうも／それなしで生きる」。最初の引用を合わせて読むと、これ、神ですね。ともにいるけれども姿は見せない。姿は見せないけれども、存在しているっていう、神のあり方。「そんな姿勢が身についたとき／久しぶりにあんたがやってきた」と、ここで「あんた」が妙に重なるわけですよ。

細見　ただその、「ともにいるが／あらわれず／わたしのほうも／それなしで生きる」は、そういう記憶の中の存在ともとれますね。具体的にはいないんだけれど、心の中にいるみたいな、お互いそういう関係の中でいたのに、実物がやってきて別れを言いに来るという話ともとれますね。

山田　なにもその彼を神格化しているとかそういうことではなくて、つまり不在であることによって存在しているかのような存在、という意味で神と彼と、そしてもしかしたら詩人、という三つくらいのイメージが重なって、それを構成して構造的に一つにまとめたらこういう詩になるということかもしれない。ともあれ、一つの読み方として。

●ポジティブな円環

山田　タイトルポエムがないけれど、それに近い「舗道」がある。ノエミが出て来るからね。これにもう少し触れておきましょう。

細見　さっき言ったように、印象的な他者ですね。そういった他者との出会いの中で、作品の非常に大事な部分が書かれている。しかも、ノエミは鼻歌を歌うということですから、歌のモチーフも重なっている。

山田　これは『びーぐる』の時よりも倍ぐらいの長さになっているんですよ。削る方じゃなくて、むしろ拡大する方への推敲。

細見　この詩集の中では一番ポジティブな歌のイメージが出ている作品ですね。

山田　すごく健やかで、たくましくて、でもしなやかで。そういうある意味で小池さんの理想的な女性像みたいなのを描いている。こういうタフになりたいっていう。

細見　ちょっと最後読みましょうか。最後のところ。

　　うれしいことがあったら
辛いことがあったら
　どちらにしてもマテ茶を飲みにおいで
　　一番大事なことは言葉では言えない

この地で日系人はとても信頼されています
　なぜか洗濯屋が多いんです
裏庭に翻る真っ白なシーツは
　　子供百人が眠るよりも巨大

湧いてくる影を邪険にしてはだめ
　大事に育てましょう
　　なだめながら　おだてながら

ノエミがいなくなっても
わたしがいなくなっても
ブエノスアイレスの舗道
いつものように
樹の実が割れて
　青空がのぞき
　　流れる鼻歌は
ノエミのものか
　別の女のものか
　　ひくく　遠くまで

山田　こういう健全さ、地球の裏側まで行って発見して獲得してきた健全さ。やっぱりこう円環みたいですね。ある種の少女性の。

細見　ノエミみたいな人がブエノスアイレスにいる。そういうあたりの励ましね。

山田　いろんな土地との出会いとあとがきには書いてある。

細見　それぞれの人が土地の精みたいなところがありますね。

山田　そこがまた面白くてね。結局自分を発見しているんじゃないかって思えて。だから他者との出会い自体が円環しているってことですよね。このまとめ方は見事です。

書評●岩崎恭子『ひばりの声が聴こえない』

哀しみを抱きしめて

斎藤恵子

傷つきながら生きた心の軌跡が響く詩集。

　このまま歩いていこう
　なだめられてゆく過去の記憶
　　　　　　　　　　「このまま」より

冒頭の詩のように自己を受け入れて歩むまでには曲折を経なくてはならない。ⅠⅡⅢに分かれ、Ⅰでは癒されない傷が描かれる。

どぶ板の下の夥しい死魚を夫と拾う。（「橙色の魚（1）」）「これはあの時の私／これはその時の／これは…」と言いながら土に埋め、「私も腐った臭いがしない？」と夫に問う。夫は「私を抱きしめ」「おだやかにほほ笑んだ」。

自己を貶めるようにして生きてきた。死魚はつらかった日々である。

「母さん／わたしをひとりおいて行ってしまったのは／夢なのだ」（「かえろう」より）。ひとりおかれた子はじぶんを責めることでこころの均衡を保つしかない。

「雪に埋もれてゆく記憶／薄れてゆくその記憶の底に／確かに残る声／確かにのこるぬくもり」（「雪」より）声もぬくもりも確かにあった。今、声は「私」の裡にあると気づく。

Ⅱでは少しずつ過去からの脱皮が描かれる。

過去は変えられないといわれるが、過去を作ったのも物語化して主人公になったのも自己である。物語を読み替えることで過去は愛おしいものにもなる。

「橙色の魚（2）」では「私は橙色の魚になって夜を泳ぎつづける」。「魚の歯で父の腕を噛み砕き／透明な手を傍らにおく」。父の物語を壊すことにより、自在に泳ぐ私になるのだ。

また、「私には蛇が棲む」（「蛇」）という。聡く強く怨念を持つ蛇。蛇苺を「知恵遅れの少年に野苺とだまして食べさせた」私。蛇は「夜毎／胸のなかで孵化し静かに卵を脱ぎ捨て」「絡みあい／胸を喰い破り」「捕まらない」。それを知恵遅れの少年が「にかと笑う」。「知恵遅れの少年」も「私」の中に棲む。私は騙す私自身も血を吸う蛇も嫌悪する。自己愛ゆえに「私」に拘泥するのだ。苺の字は草冠に母。母が私に棲み、暴れ狂い私を苦しめ私を私たらしめる。

Ⅲでは現在の看護師として生と死を見つめる中、「私」の立つ世界が広げられる。

「黄色い世界の果てに」では「夜半過ぎ／私はふたりの未熟児を看取った」「生き抜いてほしいと願う」のだけれど「私は霊安室へと向かい」「置き去りにした」。心痛む光景。なすすべもないことと知りながら受け止め難い死。負わなくてもいい自責さえ感じる作者の優しさ。傷みを知る優しさである。

「汀」では「あの人が逝ってしまったのは／今朝のこと」「私は／汀で足を濡らす海水の冷たさに／生きていることを知る」と書く。まぢかに死があり生きる私がいる。生きなければと、冷たさに却って思うのだ。

タイトル詩「ひばりの声が聴こえない」では「ひばりの声が聴こえない五月」は「空の高さが分からない」と書く。「谷底で見失った声をわたしは拾いあつめる」。

ひばりの声は母。母の声が聴こえない日は心塞ぐ日。あたたかな母の声を集め、「このまま歩いていこう」と思う。そうして「私が私になる」（「あとがき」）のである。

岩崎恭子さん、自己を取り戻したこの道を歩いてください。哀しみを抱きしめて詩を書き続けてください。

（空とぶキリン社、一五〇〇円＋税）

書評●小池昌代『幼年　水の町』

散文的明晰と詩の光　山田兼士

　幼年を主題にした作品といえば、まず堀辰雄やカロッサを思い浮かべる人が多いと思うが、私にとってはまず福永武彦の『幼年』だ。輪郭も定かでない遠い記憶の儚さそのものの表出であるかのような文体に何よりも特徴のある小説、といえばいいだろうか。これに対して小池昌代の「幼年」は、輪郭も色彩も明暗もこの上なくくっきりと像を浮かばせる明瞭な文体に特徴がある。東京深川に生まれ今もその延長上に暮らしていることが大きいのかもしれないし、あるいは、小池さん自身の記憶力や喚起力によるのかもしれない。

　そうした明確さあるいは透明さに照らされたエッセイ群は、散文的明晰性とともに不思議な「詩の光」に照らされてもいる。これらのエッセイには、作者のこれまでの作品群、とりわけ詩作品と対をなすものが多くあるようで興味深い。まず第一詩集『水の町より歩きだして』と本エッセイ集は「水の町」という共通のタイトルをもつことからも明らかな通り、生まれ育った深川の風景と幼年期の思い出をモチーフにしたものだ。とりわけ「光」に敏感に反応した少女は長じて「詩の光」を生み出し「感光生活」(小池さんのノベルエッセイ集の題名)を描き出していくことになる。

　冒頭近くでは散文的明晰性を主とした語りが多く見られるのだが、やがて叙述は、より詩的な方向へと傾斜していく。「詩」への言及や「詩」そのものの引用が鏤められるようになるや、一挙に詩的イマジネーションへと飛躍し始めるのだ。

　例を挙げてみよう。「紐の生涯」と題されたエッセイは、通りすがりの高校生の靴紐が解けているのを見たことから始まり、その場面を言葉に並べてみたら「さきほどの現実がすこしずれて、また違うものが現れてくる」と述べ、その言葉を行分けで示している。その全十七行は、そのまま「詩」と呼べるものだが、これを「また違うもの」とさりげなく述べているのが面白い。現実を書き写しているうちに「現実がすこしずれて」現れるものが「詩」なのである。エッセイの叙述はこの後、谷川俊太郎的といえなくもない「学校燃えろ」の想像や、杉山平一と立原道造の出会いのことなどへ自由連想的に伸びていき、終わり近くでは「紐」と「毛糸」の比較に及んでいく。

　形状は同じ「ほそながいもの」だが、紐より長い毛糸もあった。こちらは結べない。編み込むことになる。解けるにしろ、解くにしろ、その長さゆえに時間もかかる。編み物を見て思うのは、編み込まれている時間のことだ。紐の生涯を「詩」の潔さにたとえるなら、毛糸の生涯は「長篇物語」になるだろう。

　こういう思いがけない場所での「詩の発見」が小池昌代のエッセイの真骨頂だと私は思っている。まさに散文的日常の中に詩を発見する名手なのだ。

　末尾に収められた掌編小説では、介護職員の女性と死期を間近にひかえた老人(あるいは老詩人?)の交流が描かれるのだが、ここでは辻征夫の詩が引用され、老人の過去が微かに映写されている。面白いのは、詩の朗読を契機として語りの主体が女性から老人へと移行していることだ。末期の詩、とでも言えばいいだろうか。死の光に照らされた詩は限りなく清澄で透明だ。これが詩のアルファでありオメガでもある、といってみたくなる。

　至る所に詩の種が埋め込まれた二十五篇のエッセイ(と掌編小説)は、この詩人の更に先にあるポエジーへと「発見」を促していくことだろう。

（白水社、二二〇〇円+税）

投稿書評●谷川俊太郎・むらいさち
『よるのこどものあかるいゆめ』

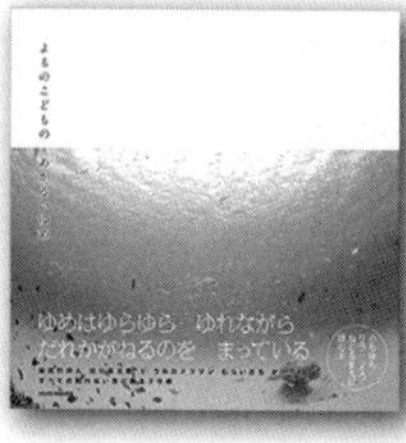

ゆめへのいざない

町田理樹

　これまで、一九八二年刊の『丹地保堯写真集　50本の木』や九三年の『子どもの肖像』(写真・百瀬恒彦)、九六年『やさしさは愛じゃない』(写真・荒木経惟)等々、多くの写真家とのコラボレーションを行ってきた谷川俊太郎。去る二〇一七年に刊行された本書『よるのこどものあかるいゆめ』は、「うみカメラマン」むらいさちの海中写真と谷川の詩が融合した詩付き写真集だ。

　ネット上に公開されているむらいさちへのインタビューによると、本作は、写真家と出版社との間にもちあがった企画を主導に進められたとのことである。商品の帯に「心も体もリラックス。ねむるまえに読む本」、「すべての眠れない夜に贈る子守唄」とあるように、心地よい眠りへといざなういわゆるヒーリング系の一冊となっている。

　色彩の綾織りなす、ときに抽象画を想わせる海中写真に、「こども」の「ゆめ」を主題にした谷川の詩句が語りかけのごとく重ねられていく。巻末に添えられている「おやすみ　たいそう」など、布団にはいる前の準備を説いた「へんしゅうぶ　より」の小文も、なかなか寝つくことのできないこどもを見守る愛情にあふれているようで、ほのぼのさせてくれる。

　むらいと谷川による本編の〝きも〟となるのは、作品が展開していくそのスピード感覚であろう。テキスト面でいえば、一見開きないし二見開きに一行が配された、全体で四行四連の一篇である。谷川の詩の熱心なファンにはあるいは量的なもの足りなさを感じる向きもあるかもしれない。しかしこの、ページをひと繰り、水中の一光景に見入るごとにワンフレーズがささやかれるゆったりした時の感覚が、至妙である。波間のあわだち、また潮目のゆらぎのごとき主張しすぎることないひかえめでやわらかな詩のことばが、就寝前のひと時を夢幻の光景に引きこんでくれる。テキストをつなぐと第一連は次のようになる。

「めを　つむってごらん
よるがゆめで　あかるいよ
ゆめはゆらゆら　ゆれながら
だれかがねるのを　まっている」

　夜の闇をゆめがあかるくしてくれるのだと、ゆめがまってくれているのだと教えてくれる谷川のことばに、灯りを消すのがこわかったこどもの頃のことを思いだす。寝室の暗がりの、たんすや鏡台のわきになにかいるんじゃないかと、恐ろしくて身じろぎすらできなかった夜々のことを思いだす。いやむしろ、大人になった今でさえ、時おり暗闇がこわくなってしまって、電気をつけたままでないと眠れなくなることもあったりするのがわれわれ人間だったり……。

　シンプルで、すんなりこちらの内側にはいってくる谷川のテキストは、寝つきのわるいこどものみならず、夜の暗がりとゆめと心身とを素直には和解させることのできないわれわれ大人にも語りかける包容力をもっている。まさに谷川の(七〇年代後半以降)いうところの「ことばによるスキンシップ」、こどもと大人と自然とを等しく包みこむスキンシップがここにはある。

　ことばに耳を傾けたが最後、色彩の海に身を横たえずにはいられない。うん、今夜はよく眠れそうだ。

(マイクロマガジン社、一四〇〇＋税)

詩集時評 5

ことばと闘う

――近接的視点をめぐって

倉田比羽子

日々生きることはことばで成り立っている。それは秩序あることばが機能する父権主義のなかで生きていることであり、世界の決定権はそこに基づいている（これはどうしようもない）。わたしたちは制度としてのことばのルールのなかに実生活をおき、そのうえにさらに共同で生きることの監視的な複雑怪奇な関係性をだれもが身をもって感じている。そうした社会で効能を発揮することばの合法は、ありのままの混沌とした自然的存在としてのわたしたち人間とことばそれ自体とのズレを認めようとしない、ことば本来のもつズレと裂け目、その閾に依拠していることを認めないのだ。ことばが生きることの、個の肉体をもったそれぞれの思考を支えるものであるとすれば、わたしたち詩を書くものにとって日々合法として使っている共通規範のことば（パターナリズム）とは異なる語法をつくりだす必然性にせまられる。ことばをもって詩を書くとはそういうことで、ではどうすればいいのかと問う。そこには生来のことばのもつ原罪の行方を映しだしてゆくことに端緒が見いだされるのではないかと思う。たとえば悪人の誇り、あるいは世界への憎悪ということばをかかげてみると、詩を書くこととことばとの関係は規律ある日々の合法的な思考法とたたかう悪人の誇りにほかならない。悪は悪疫の象徴だが、人間内部の悪徳や貧困、戦争、全体主義など、正邪理非の喪失の蔓延世界である、一方悪人は正義という不可能性の恐怖の表明ともいえないだろうか、抵抗ぎりぎりのモラルである。〈闘〉のたましいをかかえこんだ詩は、詩のことばは、反秩序は日々闘っているのである。

このことは詩の世界の立ち上がり方に直結していると、今回何冊かの詩集を読んで考えた。

そのひとつ**榎本櫻湖『Röntgen、それは沈める植木鉢』**（思潮社）。詩はわかるところを読んでゆけばいいとだれもが思っていることで、それにならえば本詩集はことば以前なのか、それとも以後の永遠そのものの混沌世界への導きなのかと、まさにアブジェクションにおちいってしまいがちなことばを引きあげて、昇華をめざす不穏なダイナミズムをつくりだしている。書くことの起源として想起する世界を立ち上げる世界図のようなもので、だから作者にとっては最大限の言語活動そのものであり、生きることの、書くことの闘いであるとわが身にせまる。詩のことばは意味に還元されず、脈絡なく、起承転結がない、つまり〈プラズマ〉（これは作者のことばだが）が拡散して舞っているようにもみえる。そこでは「歌ビトタチハ、多様ノウソヲツク」（アリストテレス）をもって、解読を求めない、いや解読を拒む。ことばを読む、読むほどに拡散して像を結ばない、むしろその世界に入ろうとする読み手の切実さに負荷をかけて覆してゆく。はじき出される読み手とともにおそらく作り手もはじき返されて、現実に先立つ自分との距離を生んでゆく、詩の自立とはそういうことかと思いつつ、「事象の時間的空間的近接」（中井久夫）を拠りどころにしているとも受けとれそうだ。それゆえ視覚も聴覚も臭覚をもことばでかたちにあらわそうとする、そうしてかたちを超えたいのだ、けれども超えられないことがわたしたちの時空間で、やはりだからことばで埋めつくすしかない。もっとことばを読む、読むほどに本詩集の世界は造型されたものではない、無限の仮定をすすんでいる、究極、祈りのような気にもなる。とすればその行為は詩の原初に近づくことだ。わからないままに祈りともいやお経のごとくともいいえて、読んで楽しむことはないが、はたまた読み手のわたしは気がちがったのかもしれないと押しこまれる。どこを引用しても大差ないが、精神科医との対話のような場面が禅問答のようでおもしろい。「―もしもし、そこがどこかわかりますか。」「―いいや、なにも見えません。」「―お腹は空きませんか。」「―風船がいくつだろう、おおよそ五十くらいでしょうか、いろとりどりの、だいたいは緑ですが、とても不気味ですね、こうして漂うのをぼんやり見ているだけでも、どこかのなにかは腐っていきます。腐敗臭に誘きよせられて、あれはなんという名前のなになのだろう、いったい見当もつきませんよ。」「―食事をしますか、それとも入浴ですか、就寝しますか。」「―到底納得できません。こんな、便意がもう三年もつづいているんですよ、その苦しみがわかりますか。」「―妻帯者ですか。」(「スポーツと気晴らし3」部分)。糞、ということばに喚起されるグロテスク・リアリズムということばが浮かぶ。やはりこれは日々翻弄されることばと闘っているのだ。

　さらにもうひとつ世界の立ち上がりを「居場所」の核心にすえる、場の記憶が時間と融合して作者の緊張を持続させる藤本哲明**『ディオニソスの居場所』**(思潮社)。記憶というとディオニソス的な要素にみちているものだが、この土地の残像は知覚か、現実かという問いが先立つ。記憶はぼやける、自らの記憶が本物かどうかわからないままの、その記憶の体感に基づいて来歴と歴史的事象をかさね、現在の生存に対するはたらきが引き裂かれる、その描写が写実的なものにならないために、作者の意思や意欲ではなく、先に用いた「事象の時間的空間的近接」にそった「時」がはらむ隔たり、その核心である浸食への向き合い方に本書の真髄をみる。冒頭の「壊滅的な十五年が過ぎ」のことばには、共有の記憶となっている認識のバイアスのかかった見方で歴史的事象とその時間をとらえることができる。ありえたか、ありえなかったか、ありえなかったとしても事実としてことばははたらく。そのうえで「十五年過ぎ」以前の場所を想起すれば、いま作者のいる「居場所」とは明らかに違う「近接」があるはずだ。時の侵食によって場は変貌を繰り返すもので、全貌はわからない。書かれたことばの機能する現実は別の世界をつくりうる。「生きている者」「死んだ者」の差異もひとしく時の侵食におかされている。いまある風景と昔の居場所と重ねあわせてみても意味がない。あのとき感じたことをそのまま憶えているはずがない。だが作者がいちばん大事なことを描写していることこそ時の侵食による別の現実(現在)との乖離であれば、それはことばの闘いということに対置される、そのことで表現のもつ時間性がただよっていることにつながるのではないか。そこには歴史は俯瞰しないという視点、肉体をもった〈閾〉のたましいを抱えこんだことばをもって、「近接」する記憶の街を想起しさまよい「この街に帰ってきた」ことが受身から能動へ、闘いの内実として写しだされる。肉体がふるえている、肉体が泣いている。それが詩人とよぶ名の特性である。「0000-00-00/〈div class=〃section〃〉/〈p〉ある人に遭った。〈/p〉/〈p〉まず骨の人だった。〈/p〉/〈p〉次に言葉の人だった。〈/p〉/そして倫理の人だった。〈/p〉/〈p〉ある人と別れた。〈/p〉/〈p〉最後に祈りの人である、と現前しなくなった今、気付く。〈/p〉(略)//〈p〉オレは言文一致の世界に生きることができない。Paroleに対する言説の支配の奴属化にある。それがオレの発する言葉、口にする言葉に対する責任を放免するなどとは勿論思っていないが、Paroleはよくよくオレを裏切るしオレの肉体とは到底思えないから、押し黙る以外方法がないことだってある。〈/p〉」(「ノーツ・オン・ナッシング」部分)。あるいは「この街の今世紀」

から「(…)―2016初冬、煉瓦造りの図書館から城跡の坂を下っていく途上、薬研堀とかいう堀の茂みに隠れる若い男女の片方がおれだ(…)」――いま一度「近接」するその精神は知覚か、現実か、問うてみたい。

松本秀文『「猫」と云うトンネル』(思潮社)を希望の書とよんでいいのだろうか、おそらく返されることばは、この世のもの、というよりこの世の延長線上のものとしての願望であるにちがいない。それは思索すること、それは書くことの優位性である。〝「猫」という「トンネル」〟と書かれれば、伝達機能が作用しないことが作者のことばに対する優位な手腕である。それはコミュニケーションとしてのことばの機能を逆手に取った詩の本質である、深さであると言い換えて、だから「闘う」詩はおもしろい。どのように闘うか、どのように書くか、そこに原因も結果もない。だから標題詩―「(…)何もしなかった一日/太古の歌謡《うた》が誰かの声によって現在《いま》に息吹く黄昏/時間の色彩と変化《ヴァリエーション》について語られうることの考察/「考えている途中だ」とそのひとは猫たちに云う/玉虫色の輝く魚の群れは夕焼けの彼方へと去って/比喩は/ただ風のように吹き/ただ雨のように降った」ことへの「近接」的視点が光る。さらに本書の末尾に「(結末としての草稿)」としてことばへの希望の条件が語られている。中核を引用する。「(…)くだらなさを徹底的に愛でよう/やがて/かけがえのない光があつまって/いきものは自然に手をつなぐ/(…)/この時間をあなたは生きている/猫たちが/ぼんやりあくびをしている/誰にでも/時間がながれていて/触れ合うものはすべて等しい/希望も絶望もほころびた土地で/深い闇もあなたの一部である/そこに落ちている/あなたによって書かれたあなたへの手紙/そしてまた光/そこを歩いて行けるのであれば……」。ここに本詩集を総括したことばをおくとすれば、それはやはり希望と書かれるにちがいない。

こうして先ほどから用いている精神科医(中井久夫)があらわす「近接」的視点とは、モチーフをあえて持たない詩のありようを指すのではないだろうかと、**阿部嘉昭『橋が言う』**(ミッドナイトプレス)に感じた。警句のようなことば綴りは、事象、物事を対象化せず、観察―内在化でつめよる、つめよる、時間を俯瞰しないことが守られている。とすればそれは触手の感覚に支えられていることであり、作者のいう「減喩」のことばの真意とは、そのことに通じるのではないだろうかと考える。その瞬間時間がながれる、風が吹きぬける、文字となった情景がただ立ちあがるだけだ。そのとき作者が持たざるをえない書くことの意欲のようなことの色気がそぎ落とされるはずなのだ、と勝手に読んだ。だからわかったような口ぶりで描写してはいけないのだ、人はなにごとも全貌など見えない生きものなのである。ただこうした一詩「八行」に形式づけたのは、なんらかの徴候からきているのか、あるいはことばの方向づけからくるリズム感覚がひそんでいるのか、どうか。「しんだらはずかしいので/できるだけ早く焼いてほしい/些少でもたましいがあったゆえ/からだもしぜんだったのに/それをなくしてうごいたら/くるしみがきわまってしまう/焔さながらそらにありたいのだ/ひとみをとじて偶してほしい」(「空葬」全文)、あるいは「ひだりこぶしをみぎてでふかくつつみ/みずからのすこしのみかくしてみた/あるけばはずかしいこんせきがうまれ/すぐさま痕跡のきえてゆくしかない/ゆきの日のしぐさだろう祈りではない/みみでかおをおおいえぬわたしらは/からだのくらいどこかを呪物とし/ふるゆきのかぎりなさとひびきあう」(「呪物」全文)。――ああなにか、なんと人間の起源と世界の終わりはものがなしいものかと知らされる。これはいや、祈りではないのか。

ふしぎな時間軸の世界にさそわれる**マー**

サ・ナカムラ『狸の匣』（思潮社）。ここは匣の時間なのだ。なんだかチェーホフの初期小品群を思い起こした。一時期わたし（筆者）はチェーホフを片っ端から読んでいた時期があったが、本書は、初期のチェーホフ的方法論のひとつ滑稽譚に基づいた新風が吹き荒れているのではないかとたのしんだ。そのチェーホフの革新主題は、主人公という考え方の追放、主題というものからの絶縁、はたまた物語性の消去といわれているが、こうしたチェーホフ的精神の因子が百年の時間差をつないで受け継がれていることのおもしろさとは、この一文の冒頭で述べたズレ、〈闘〉の思考からくることばの闘いの実践なのである。それは人びとが愛する何気ない日常のなかの異常さにあらわれ、人間という生きものの普遍的な異常性にながれているということに通じている。「喉の奥に臭い狸の箱がある。口を閉ざすとふたがあく。箱の中は常に夜で、狸が焚き火を続ける世である。二つ岩がある。一方は狸が腰掛ける。鳥足に似た木棒を、苛立たしげに火の中に突く。炭化した薪は息を吐き、火の粉がのぼるが見上げる前には消えてしまう。顔にかかる赤橙色を飲み込むように抵抗しない狸を見る。覆うように、三方を山が囲い、頂に「おんおん」と鳴きながら星を下ろす子狸が見える。湯気がたつ。リールをかけて、欲しい星を引いているのだ。／「堕ちるとは見知ること」。狸は火から顔を上げない。そこから堕ち爺の話になった。山に木こりの名人がいて、背幅程の杉を好み、杉に背を合わせては「ぷるんぷるん」と水を振り回した。それから三方に刃をいれて背で倒した。」（「背で倒す」部分）。——おそるべき炯眼の持ち主である作者は、究極、道徳的醇化よりこっけいな不条理にみちたものの高みをめざしているのであろう。

　こうした憂愁の精神のながれは**服部誕『右から二番目のキャベツ』**（書肆山田）にも目覚しい。タイトルからも窺いしれる日々の断片を切りとる観察眼と思考は家族とともにあることで、真面目さが空回りしてゆく「近接」的ユーモアにつつまれている。記憶の底にひそむ物語性に地上の、つまり有限のかたちを与えて、作者の観念をエロス化している。それゆえ読みすすむにつれて、時間は次第に死の兆しにみちてくることが作者の方法論、行方知れずとなってゆく自らの消息探しといえるのかもしれない。書くことであらわな姿を見せる日々の機微が、つかまえることのできない生の深みや恐ろしさとせまりくる、わからなさそのものを決然と描いている。「疲れ果てて帰りつき／遅い晩飯を食べたあと／女房とわたしは／今日壊したものを言いあう／／会社の同僚三人と帰りの電車でわたしの前に立った老婆ひとり／メール三十六件電話二十九本ハンコを押した稟議書七通／女房こたえて茶碗一個つきにくいガスコック十八回／隣の家のピアノとそれを弾いていた小学二年のへたくそな娘／／それからわたしと女房は／睦まじくお互いを壊しあう／顔かたちがわからぬまで壊す／／ばらばらになってそれぞれの布団にもぐりこみ／／明日壊すもののことを考えて／おやすみ　今夜も楽しい夢を見る」（「今夜も楽しい夢を」全文）。——今日的日常性の危機のなかで、諧謔性と新しい混沌が覆う、どこかアナーキズム的な匂いにもひかれる。

　詩とはラブレターであると公言（あとがき）する**村野美優『むくげの手紙』**（たぶの森）。その手紙はもっぱら自然界や日々の暮らしに潜む無意識下の気づきを通して、ここでも「近接」的視点に支えられた触覚的感覚がことばにかたちを与えている。本来、詩とよばれるものは、意図や意欲をもって書こうとはしないことにあるとわたし（筆者）は思っていて（実現しているとはいい難いが）、とすれば、詩のことばは人間存在だけが行なう祈りのようなものにつながってゆくということに通じる。理屈ではない。ラブレターとはまさにことばのない手紙といっていい。ことばで愛を書くことが、ことばにできない愛の投影を知らせる。作者のまなざしはそこをただよっているのである。かつて読んだ一文だが、たとえばル・クレジオは「インディオたちは、言語についての罪の感情がある。（…）この恐るべき特権が何であるかということを知っていて、それを誇りにすると同時に怖れてもいる。物も事物も語りはしない。かつてそれらのものも口をきいた。すべてが話をした、石でさえも。それからなにものかによって平衡が破られ、災厄によって理解の秩序が破壊されたのだ。その瞬間から、もはや人間は動物を理解せず、石の言葉を解さなくなった」（『悪魔祓い』）という。村野はル・クレジオの翻訳者でもある。ものの見方の根底にル・クレジオのことばによる表現の共有の精神を宿しているといってもいい――「うさぎの丘を撫でよう／したからうえへ／吹きあげる風になって／／丘の中腹には／まるい井戸がある／ふちでは草がそよぎ／なかでは水がゆらぐ／／丘のてっぺんでは／二本のアンテナが／世界を受信している／／森のざわめき／鳥のはばたき／雷のどよめき／／雨のつぶやき／タイヤのひびき／虫のすだき／／遠くの／星のまたたき／／近くの／私の息／／丘の／鼓動」（「うさぎの丘」全文）。ことばで表現したことによって、人間には裂け目のような痛みの感情が生まれてくる、ことばの美しさとはことばの原罪への投写でもあると、知らず知らずのうちにル・クレジオに寄りそっているまなざしである。

人間はいかに死の記憶に寄りそっていることだろうか、いま人生のどの場面に足を踏みいれて記憶の束を巻きとっていることかと、そうして日々見晴らしのいい場所に立って享受する現在という生の時間をいかにもちこたえていることだろうかとあやしい気持ちにひっぱられる。**倉橋健一『失せる故郷』**（思潮社）はラジカルなタイトルだ。根底にながれる死者との交感は、もちこたえる主体そのものが孤独にならなければ近づけない、それは生と死を融合する融通無碍の視点、生たらしめる生という死への強い関心である。ここを基点に混沌とした消え去りゆくはじまりにあることこそ、生きているものの潜在的な死の記憶であり、人間にとって意識化されるまえの無意識の、全体性としての原型の死への郷愁なのではないかとわが身に引き寄せている。人間は生きていてすでにどこかに死を郷愁する因子をもつ阿頼耶識的存在であるとわたし（筆者）は思っていて、そのことが死を想起することばの闘いにつながっている。そこで言いうることは、そこにわたしたちは、人が生の意味を求めるという古い言い方を借りるとすれば、そのことが祝祭的な空間としての文学の問題、方向性のひとつなのではないかと、しかし同時にそれは現実の生にとっては意味をなさないことも前提の条件となっているのである。「果実づくりにも明け暮れた思い出の帳《とばり》から覚めてみると／小憎らしいほど懐かしんでいたはずの（あの）森も／逐電して今はない見渡すかぎり身代わりの荒野／（略）／／荒野を海からあふれたつむじ風がすぎていった／ワレ、スデニ死セリ、と差出人不明の電文が／血栓に病む老いた村長《むらおさ》を脅かし／途方に暮れた村長はひたすら落命予定の日付を入れ替える／ああ死に変わり生き代わり／単壁《ひとえかべ》の割れ目から覗き見するものすらもう居いない／／思い出の裡なるわが帳よ／荒野にさ迷い込んだ船霊《ふなだま》の最後に／どさくさに野火に立ち尽くすこともあるむごい錯誤よ／海なのか地なのか境界すらさだかならず／錯乱のなかの単位雄雄しかろうと破廉恥だろうとおかまいなく／覚める直前の帳のなかの長い吐息」（「失せる故郷」部分）。――まるで生きながらの死のあるごとく、人はひとり孤独に生まれ孤独にひとり死んでゆくものである。本詩集の情景は極限への無限原型への喚起をもたらしている。

詩誌時評 6

現代詩の復興はまだ?

松本秀文

最近、「詩について考える」という言説を私は疑っている。本当にそのような行為が可能なのか。また、それを通して書き手としての自分の創作に役に立つことがあるのか。いずれにおいてもはっきりとした結論は出ていない。だが、「批評」の胡散臭さについては今まで充分に経験してきたように思われる。「批評」そのものに対する不満はない。むしろ、その恩恵を受けてきたと言える。だが、文章の出来に関わらず、それが作品に先行するように捉えられて書かれてあるとちいさな反発をせずにはいられない。

あらゆる表現において、解釈や分析はその分野の発展においては確かに重要だろう。だが、それへの信奉が強くなり過ぎると、表現が途端につまらなくなるということがありうる。「批評」の世界では、批評=作品という認識かもしれないが、表現の世界では作品が全てに先行されるべきであると私は考えている。また、すぐれた作品を書き続けるためには発想力・文章力・構成力など様々な能力を統合して運用していくことが求められる。その統合に必要なものの一つとして批評の存在は欠かせない。それは書き手の向かう方向を示す標識でもあり、書き手そのものを動かすエンジンでもありうる。そのため、著者もそれを無視できないでいる。

小学6年の頃に、国語の授業ではじめて「自由詩」を書いた。担任から「自由に思ったように書きなさい」と言われたことを思い出す。そして、それはある一瞬のひらめきのようなものを「感受性」と誤認させるものだったと現在の私は振り返ることができる。そこでは何が足りなかったのか。不足していたのは、そのひらめきがどのように生じたのかの分析となぜそのように表現したのかの根拠を言語化できなかったことにあるのではなかっただろうか。つまり、偶然に身をまかしただけの行為の結果として文字が出力されたに過ぎず、意識して書いていた訳ではなかったのである。そのように言語化できないものを「詩」と呼ぶ風習がこの国にはあるが、私はそれもまた疑う必要があると考えている。

そして、「批評」と呼ばれるものが自分と他者のアウトプットの差異をより厳密に認識するための装置とするならば、小学生の私の教室にはそれが不在であったのかもしれない。「個性」や「多様性」という概念や「場」の雰囲気によってごまかされていたものがひとたび教室の外に出ると厳しい視線に晒される。そこでようやく「批評」が登場し、私たちは自分の作品と再度出会うことになる。現在の私は多寡に関わらず、「批評」と呼ばれる視線の束を背中に感じる。そして、私自身がこれによって詩を書いていると実感できるのも確かである。ただ、それに意識的かつ懐疑的であることが表現の総合的なバランスを保つ上で重要だろう。

『現代詩手帖』12月号の野沢啓さんの「詩のことばはどこに根ざすのか」という論考に以下のような文章が見られる。

> 詩論が力をもたなくなってひさしい。だれも詩論を書こうとしないし、書いたとしても底の浅いものしか書けなくなっている。詩論を書くには詩や詩論の歴史はもちろん、ひろく人間の思考の蓄積を知ろうとしなければならない。通常のことはすでに誰かが書いているのだから、いまさらことあたらしく再説する必要も意味もないことが多い。感想の垂れ流しではひとを啓発することはできない。そんなだからだれも詩論を読もうとも思わなくなってしまったのだし、詩論を読む力も失われているようだ。

私は、このような言説自体を「通常のこと」

と思ってしまう。「いまさらことあたらしく再説する必要も意味もない」から、誰も詩論を書かなくなったのではないかとも思う。そして、詩論を読まない理由は書き手、読み手どちらの責任でもなく、詩が時代のトレンドではなくなったことを示しているだけではないだろうか。現状において、力を持った詩論が登場することが現代詩のフィールドにおいて他よりも優先されるべきことだろうかと考えあぐねている。

　ここで、野沢さんが刊行された個人誌**「走都」第二次創刊号**へと視線を移してみる。コンセプトは「詩と批評」とある。長篇詩「発熱装置」と「鮎川信夫という方法（1）」という力作の論考が収録されている。作品の一部を読んでみよう。

絶望することは簡単だ
この世は愚劣と面倒で充ちている
あるべき生とはほど遠くても
そこに近づくことは不可能ではない
よりよく生きるには方法がいる
そのひとにしか意味のない方法が
それがことばだ
それがどんなにささやかなことばでもいい
そのひとにとって生きることと等価であれば
それにもっとふさわしいことばだってある
はずだ
そのひとがことばに開かれていれば
それをもとめるのが詩であれば
そこにこそ詩を書く意味がある
詩が読まれる意味もある
詩が哲学になるとはそのことである

　これは、詩論がそのまま作品になったような作品である。作中には哲学書からの引用も多くあり、全体として現状の詩の状況、言葉の状況に対しての鋭い批評になっている。まさにコンセプトの「詩と批評」を担う作品である。

　次に、北川朱美さんの個人誌**「CROSS ROAD」10号**掲載の福間健二さんの「階段の魔物」を読んでみる。冒頭は、「階段をのぼる。／「あいつら／そんなことよくできるな」／どのへんかな／いつかバケツの塩を撒いてしまったときの染みが／まだ消えていないはずだ。／人である僕のなかでは消えたものがある。」と始まる。そして、作中主体は次に階段をおりてゆく。後半は次のように展開される。

いつもそうだ。階段は
人の目が機能しないときだけ
急に進化する
魔物の笑い声がひびいて
「怖いから
抱いて」
その夜
ぼくは何かを書いていた。ぼくはいつもな
　にか書いている。

　作中で、「階段」は「宿題を思い出させる階段」とも描写されていて、どこか主体の少年時や青年時を想起させる。また、この「階段」の前に立つと、言語化できないものが急に襲ってくるような印象を持つ。言語化できないから「宿題」は手もつけられずにずっと残ったままなのだろう。「必然としての／散らかった部屋。その描写の大変さ。／トレーニングが足りない。／掃除はまだしない。宿題も手をつける気にならない。」と締め括られるのも説得力を持つ。「批評」によって言語化できない「何か」を明確に示しているとも言えよう。

　「詩と批評」という観点から、その統合を試みる詩人がいる。広田修さんである。その最新詩集が『vary』（思潮社）である。広田さんの作品には発語の「根」のようなものが鮮やかに描かれる。そして、言葉は論理によってしっかりと固定されている。ＳＰＩの試験問題を詩として作り変えたかのような明解さと超現実主義の絵画のような不思議さを併せ持っている。だが、それだけではなく現代を生き抜く者の葛藤や苦悩が透けて見える箇所が多く、共感も受けやすい。

　詩誌『妃』19号に広田さんの新作「復興」が掲載されている。タイトルから「震災」についてのことだろうかと予測して読んでいるとそこに触れながらも普遍的なものへと向かう確かな意志が感じられる。作中の「無数の表現」という記述は、いわゆる「震災詩」を揶揄したものだろう。ここでの「震災詩」とは、災害の外部に位置する安全な場所で表現されたものであり、内部の悲しみや怒りを自己の都合の良いように語るものだと私は考えている。一言で述べるならば、「感想の垂れ流し」を行分けにした断片的な文章のことである。

　この作品は災害の内部に侵入し（そんなことが可能かどうか分からないが）、息を潜めながらじっと思考し続けなければ得られないと感じさせる深い洞察が据えられている。災害によって人の思考が変化するとはこのような過程が必要なのではないかと思わせてくれる六連から成る散文詩。ここには、「詩と批評」がうつくしく同居しているようにも読める。少し長いが、第一連と最終連を引用してみたい。

　巨大な沈黙が降り注ぎ、忙しなく部分同士が交信している大地は惨劇に見舞われた。大地には至る所に中心があり、そこから水平線や勾配が限りなく伸びていき、無数の表現を作り出していた。大地が低く降りていくところには、もう一つの大地、すなわち海が流動しながら別の夥しい相貌を生み出していた。沈黙はその衝動と禁止の葛藤ゆえに激しく大地の交信を攪乱し、大地は互いに音信不通となり、絶望的な孤独に耐え切れず少しだけ身震いした。大地に寄り添う海は大地の稀少な孤独に驚き、少しだけ髪を揺らした。

（中略）

巨大な沈黙が去った後、大地は地上の全ての些細なものたちと交信を始めた。さんざめく微笑が地上のあちこちでほころび、それらは緊密な回路を作り通電した。大地の表情は人間たちにより少しずつ新しいものへと変化し、新しい声で新しい物語をつぶやき始めた。大地の部分たちはまた別の部分たちへと改組され、人間たちと無言の語らいを始めた。根源の子どもは荒野で泣き叫び続け、その泣き声には人々の嘆きや喜びや感謝が同期していった。この復興の時期、根源の子どもの泣き声は極めて豊かに変奏され、その原初のエネルギーは著しく増幅されて海へとのびていった。

　同誌には、髙塚謙太郎さんによる詩集『vary』の書評「思索の果ての詩学」も掲載されている。髙塚さんは、その詩業を次のように評している。

　詩とは何か。それは詩である瞬間のことでしかない。そして広田の場合、思索によって浮上してくる言葉の結晶そのものが詩でしかないという一つの《哀しみ》が、詩であるという瞬間なのかもしれない。だから彼女（詩）には「〜についての詩」といったあり様はない。彼女は彼女（＝詩）でしかない。

　他の作品では、宮田浩介さんの「鮭を獲りに」、仲田有里さんの「眼」が印象に残った。続いて、**「ガーネット」83号**を紹介したい。中でも、萩野なつみさんの作品「横顔」に注目した。「詩と批評」をめぐる疑いについては先述した通りだが、はっきり言葉に定着できないが作品を一読して「やられた」と思うことがある。萩野さんの場合は、おそらく推敲が何度もなされた痕跡があり、その塗り直しが色ムラのないうつくしい作品に仕上げられていることにハッとさせられる。「ゆびを見ていた／缶コーヒーをしずかに振り／かしり　と開ける／いちれんのしぐさ」から始まる詩行は特別なことが語られている訳ではない。だが、言葉が考え抜かれて配置されている。おそらく言葉や余白のバランスまで萩野さんは考えているのだろう。後半三連と四連を引用する。

まひるのひかりが
ゆるやかに彫りあげる
からだのかげと
ゆびと
ようやっと見た横顔と

いくどめかの台風のあと
すずやかな空の下
特別なことは
なにひとつなくて

最後に、取り上げるのは**「喜和堂」４号**である。野村喜和夫さんを中心に編まれたアンソロジー形式の詩誌である。名前をはじめて知る書き手とベテランの書き手が同じ土俵の上で作品を提示している点と連詩や企画詩など行動量の多い誌面に終始圧倒される。野村さんはあとがきで「ポエジーとは出口であり入口であるのでしょう。真の言語――そんなものあるかどうか知りませんが――を失って精神の深い闇をさまようことになる入口でもあり、またそこから真の言語――そんなものあるかどうか知りませんが――の方に出てゆく可能性を見出すための出口でもあるのでしょう」と書かれている。

　詩も他の表現分野と同じく、最低限の基礎は必要だろう。だが、「自由詩」はその定義や概念がおそろしく曖昧であり、そのため基礎をどこに置いていいのか分からない。前回は、それについて「現代詩のジレンマ」という言葉で書いた。今回は、「批評のジレンマ」ということを考えながら送られてきた詩誌と向き合ったように思う。野村さんの「真の言語（仮）」というものにぶつかることが、詩作品を読む者にとっては最も強烈なインパクトになるのかもしれない。そこに辿り着くためには、書き手にも読み手にも「詩と批評」の両輪の軸が必要になる。この両輪がうまく機能しているものとして、今回は主に広田修さんの詩作品を紹介した。作品の上や下に「批評」がある訳ではない。「詩と批評」は互いに寄り添いながら、最終的には同期するべきものだと私は考える。「いまさらことあたらしく再説する必要も意味もない」のだろうが。

「走都」〒一五六－〇〇五五
東京都世田谷区船橋一－一八－八　野沢啓方
「CROSS ROAD」〒五一五－〇〇四五
松阪市駅部田町三八三－三
「妃」〒一六七－〇〇四二
東京都杉並区西荻北五－七－一一－三一〇
田中方
「ガーネット」〒六六九－一一六一
神戸市北区道場町生野一一七二－二八二
高階方
「喜和堂」〒一六八－〇〇六四
東京都杉並区永福四－二四－九　森川方

詩論時評 1

遍在する「女」が追跡される

宗近真一郎

「なんちゃって」、あるいは、異化作用による自己防衛機制を僅かに軟化させて「なんて」とほほ笑むように呟いて、眼は決して笑っていない。反復強迫は、ぎりぎりのところで遮られている。ヘルツォークのフィルム「アギーレ／神の怒り」で、謀反の果て、ついに黄金郷エル・ドラドの幻想に君臨したアギーレ（クラウス・キンスキー）の薄い筏がゆるやかに漂流するアマゾンの水域のように、周囲の森林は限りなく静謐であり、鳥獣たちの低い唸りだけが響き、その静けさのなかから無数の匿名の矢が不意に風を切って筏（の王国）へと放たれる。最後にひとり生き残ったアギーレの眼は笑っていないが、それらの矢に何時撃ち抜かれてもいいという覚悟性だけが、旋回して上方から筏をトラッキングする視線と拮抗している。漂流する筏にひとり立ち尽くす孤絶と見果てぬ夢、（なんて）。

つまり、そのたったひとりの立ち姿には悲劇性のかけらも残余してはならない。悲劇性、あるいは、ヒロイックな自己同一性の端緒は、始めから終わりまで塗りつぶされていいのである。塗りつぶすことによって、詩作は自己異化のメカニズムと詩作の外部性とを均衡させるかたちで、世界が詩へと打刻されるという機序を、詩が世界へと解消されるという反表現的な音律へと裏返すのだ。詩人であることへの異和、当然ではないか。詩作をひとときも手放さない、詩を生きる／選択するという象徴的な出来事の恒常性は、隠されている「本当の事」、すなわち、「私は詩人ではない」と単独的に言い切ること自体、「女は存在しない」ことが「女」が世界の意味生成の「地」であることの反証であるように、詩人であることを踏み堪えるためのエチカルな臨界形成に他ならない。

彼がその「ふり」をしているという「詩人（なんて）」とは、類的存在としての詩人であり、自己同一性が消し残された悲劇性に依存する詩人のことである。しかし、そうしなければ到達されない現実《ポエジー》というものがあり、彼でさえ「桂冠なき詩の王」として君臨／漂流し続けてきた六十五年以上の歳月を否定しない（なんて）。「語り手・詩」谷川俊太郎、「聞き手・文」尾崎真理子の共著という体裁を採る『詩人なんて呼ばれて』（新潮社）は、「哲学者と詩人と」、「詩壇の異星人」、「独創を独走する」、「佐野洋子の魔法」、「無限の変奏」の五章立ての評伝の各章の主題を横展開するインタビューを併載し、巻頭に書下ろし作品「詩人なんて呼ばれて」、および、巻中に谷川の自選作品二十篇を収める。一冊のフィールドワークのアプローチと批評性は尾崎真理子に属している。例えば、谷川俊太郎を三年に亘って追走するという取材の基本動作のうちに、「荒地」創刊に始まる戦後詩および表現史のコンテクストに的確に目配りしながら、谷川が投げた三つの「紙つぶて」を描き出す。すなわち、一九五六年発表「世界へ！ an agitation」における詩人の怠惰・貧困への批判、一九六五年発表の「鳥羽1」における〈本当の事を言おうか／詩人のふりはしているが／私は詩人ではない〉というスタンザ、一九九三年発行『世間知ラズ』での結句〈詩は／滑稽だ〉を放ってから十年の沈黙、いずれも詩法やエクリチュールの問題ではなく、詩作行為の独在に再帰性が痛烈に呼び込まれる。

詩人・なんて・呼ばれて。そう呼ばれたくないのは、名付けきれない世界の混沌の豊かさを言葉へと受胎してしまうアンビバレンスから詩作が駆動する循環において、私は私ですらない何かへ作品という神権をほどくからだ。相応に積みあがっている谷川俊太郎関連の言説（「谷川学」というのもある）から尾崎真理子による評伝が刷新を開示するのは、次の三点においてである。ひとつは、西田幾多郎の「純粋経験」の片鱗を分有する父谷川徹三と子俊太郎との内在的な相似性、および、俊太郎の宇宙観や生命観が明らかに徹三のものをテークオーバーしていると示唆し、谷川俊太郎も〈僕の作品を父にさかのぼって考える人はいなかったな〉64と同意していることだ。ふたつには、現代を代表する絵本作家で三人目の妻だった佐野洋子との「滑稽な修羅場」の炎心が描かれたことである。数知れない衝突と訣れを回想して谷川は〈詩を書いているひとでなしの人間だから、彼女を損なってしまったんじゃないか〉277、〈僕自身、男性的というより女性的で、それで喧嘩にならなかったし、暴力とは無縁だし、自分とは異質な他者も受け入れようとする。それは僕の中の女性性じゃないかなあ。（中略）僕は、怒りを詩にすることができない詩人なんですよ〉280と語る。佐野洋子を介して、谷川の世界感覚の重心が結晶のように現れる。

三つめは谷川俊太郎の他者へのスタンス／ディスタンス（距離）としての「デタッチメント」である。一義的にそれは、アタッチメント（愛情）の反対語として、詩（だけを）生きてしまうことによって佐野洋子を孤絶させ、彼女を打ちのめし破局をつくり出す。だが、谷川のデタッチメントは、他者との距離だけではなく、〈漱石の非人情みたいな。それがないと詩の次元には行かない〉152、表現行為の原罪感覚へと通底する。尾崎真理子は、村上春樹との類似性、例えば、谷川の詩作において言語以下／以前へと「意識が下りていく」という揺動が、「穴掘り」が趣味だという村上が書くことについて〈ちょうど、目覚めながら夢見るようなものです〉193と明かすデタッチメントの暗闇の秘儀に近接していることを指摘する。では、谷川は意識下の何処に下りていくのか。それは、佐野洋子の孤絶にも連関した彼の女性性（マザー・シップ）だと敷衍推量したい欲求が批評子にはある。世界が女である、女という大洋の底に届いたとき、世界に身を挺して世界を詩に変えるという谷川だけが遂行しえた「詩人・なんて」という母型的ミメーシスが現れる。

母型の大洋の底にある物質的恍惚を描いたのは吉本隆明だが、北海道横超会（高橋秀明編集）から送られてきた『瀬尾育生講演録　吉本隆明の詩と〈罪〉の問題』では、吉本の初期詩篇、主に「日時計篇」、「転位のための十篇」の詩句を周密に読み込んで、セメイオチケさながらの解釈を駆使して、一九五〇年から一九五三年に起こった吉本隆明の「婚約破棄」の内在的な痕跡が見出されようとする。第二次大戦後の戦争責任論において、「世界普遍倫理」のシニフェである罪の位相をめぐって、その直前の「世界認識の方法」の問題群から旋回して、啓蒙主義的な罪概念guiltに対して、吉本が、根源的な罪sinを導入し、人間の自己中心性へ固執する闘争のスタンスを形成して独我論的な段階を通過したことが確認される。その背後にある大きな倫理的屈折の契機、根源的罪の端緒としての「婚約破棄」という出来事が吉本のテキストから徹底的に洗い出されようとする。

瀬尾育生による捜査官的パロール／エクリチュールの実践である。吉本隆明の「婚約破棄」を含む非公開の恋愛事件。三浦雅士の示唆に触発されるかたちで、まず、瀬尾は、一九五〇年〜五一年に吉本が自前の罫線の原稿用紙に書きつけた約五百篇の草稿である「日時計篇」に現れる女性像、および責罪から罪レベルへの下降倫理の道程を検証する。和子夫人および前夫との潜在的な三角関係は追認されるが、それらの草稿に出来事の暗示は見当たらず、《牧師め》《詐欺師め》という罵倒語の頻発から婚約者の父への憎悪が類推される。瀬尾は、「固有時との対話」と「転位のための十篇」に捜査域を広げ、〈「わたしたち」は何にもまして「神の不在な時間と場所を愛してきた」。それは神と直接につながっている父、その「父が不在な」という意味でもある。そして何らかの事情で「わたしたち」は別れ別れになり、「わたしたち」が失われると、そこにふたたび「わたし」の固有時が露出してきた〉21という中間的な報告を記す。

だが、「婚約破棄」とはどういう事態なのか。瀬尾は、「書く病気」に癒着した単独者であるキルケゴールやカフカによる「婚約破棄」、アンドレ・ジイドの『狭き門』に描かれたアリサが愛の絶対性において「婚約」を拒んだことに触れ、「婚約」に〈一対一の性愛の関係が制度的なもの・共同的なもの〉22に移され審判される〈ひとつの世界模型〉を見出す。さらに、キルケゴールをめぐる吉本の講演に言及して、「婚約モデル」は神から切り離された人間の自己中心性を集約した「関係の絶対性」に連関し、共同性のエレメントである「三角関係モデル」との対位において、〈吉本さんは婚約破棄において、社会的なもの・制度的なもの・教団的なもの・教義的なもの（牧師的なもの）……に対して「関係の絶対性」を勝利させる〉25という最終調書が提出される。「婚約破棄」を告知された女はついに特定されなかった。そんな女は存在しなかったが、関係思想の原基を析出する大洋のような「女」の遍在が確認されたということである。どんな思想的「裏切り」に対しても画定される吉本の「勝利」は、初期詩篇の解読に始まる性愛をめぐる共同体との格闘を経て、「奥の奥の無意識」における反復強迫として予め回帰しているのである。

　谷川俊太郎のデタッチメントが、尾崎真理子の「聞き込み《インタビュー》」によって意識の下降（世界に身を挺する）という詩法に集約されたように、捜査官・瀬尾育生は、吉本隆明における常勝の「関係の絶対性」の源泉が「性愛」の奥にある「本当の無意識」に潜伏すると断定する。遍在する「女」のポテンツにおいて「世界普遍倫理」を撃つスナイパーが現れる。

　だが、遍在しているはずの女は、例えばフェミニストを自称し「世界には男しかいない」社会表象を指弾し、性差別は内面化しているという川上未映子責任編集による五百五十六頁に及ぶ『早稲田文学増刊「女性号」』（早稲田文学会）に結集された古今の女性表現者八十二人のように、ひとりひとりが孤立しているという危地に在る。この孤立は、女／男という不滅の「階層」への感応性を保存しているだけではなく、不可避的にファシズムの温床であるはずの民主主義と自らが多数であることを情緒的に確信するSEALDsの向日性を裏返したような、世界への非官能的な懐疑を賦活しようとする。「女は存在しない」と謎をかけたラカンが「私の欲望は他者の欲望である」というテーゼを行使してバタイユをコキュに陥れたような裏切り《イロニー》を彼女らは許容しそうにない。だから、「遍在する男」への敵対性がむき出しになる。

　ラインナップの大半は、詩と散文創作と翻訳だが、末尾に近いところで、「女性と地獄」と題された桐野夏生と川上未映子の対談で、村上春樹が神話や物語の有効性を託した「善き物語」に男性性を見出すかたちで、桐野は〈暗いと思いますし、私は、善き世界とか善き物語などを文学に求めていないですね。実感として、世界というものは閉じられていて、そこから女たちがみんな弾き飛ばされているような感覚がずっとあります。周縁にいる感じです〉519と述べて、表現性と社会性のダブルバインドを強調する。続いて掲載された批評と書評に携わる斎藤美奈子他四名の座談で、斎藤は女性の批評家が殆どいないことについて〈つまり父殺しが原理にあるじゃないですか。そして、その行為の中にしか自分は現れないということは、いったんその父親の子供にならないと批評のフィールドに入れないわけでしょう。そういう、ある種の男性間におけるホモソーシアルの原理が批評を作っているところがあると思う〉529と言い、エディプス的属領を抉って見せる。

　いっとき（そして、ある種、継続的に）フェミニズム現象に対して、男権的自立派プロパーが集団的ヒステリーだといって気色ばんだリアクションは、内向し、潜伏し、より資本主義的に、より非政治的に、よりなめらかに性差を整流している。桐野と斎藤のコメントは、脱領域的であり、実質的にぜんぜん解消されていない抑圧を回帰させる。「女性号」は、ＬＧＢＴを含むジェンダーの象徴界へどんな風にデリバリーされるだろうか。むろん、「女性号」というフレームそのものの既視感は否めない。その運動性のデリバリーが完遂されるためには、ひとりひとりの孤立が、孤独という俗流の揺らぎへの陥落を回避し、可能的なオブセッションを踏み堪えることが要請されよう。

　ところで、女は存在しない、女は遍在する

というアレゴリーをいったん忘れて、『第二の性』におけるボーヴォワールの「人は女に生まれるのではない、女になるのだ」というセピア色のエピグラムをサルベージしてみよう。因みに、この「女性号」には、このエピグラムも、森崎和江の『第三の性』における女性言語にかかわるマニフェストも見当たらないが、それらのアルシーヴを切断して、現在の「暗さ」と「周縁」と「父性」原理の特権へ外連味なく反発するのがフェミニスト川上未映子の反歴史的スタンスだと了解して置く。だから、批評子もジェンダーだの男女同権だのというご託は一切並べない。

　そのかわり、ボーヴォワールのエピグラムを、例えば、「人は女になることを意志するのではない、だが、女であることをめぐる責任が世界に表象している」と読み換えてみる。すると、女をめぐる意志（選択）と責任と自由のフリクションが掘り起こされてくるはずだ。國分功一郎による『中動態の世界　意志と責任の考古学』（医学書院）は、もちろん詩論ではないが、詩論にも濃厚に連関する言語表象の非伏蔵的な冒険であり、二〇一七年に公刊された思想的テキスト群のハイライトのひとつである。「何ごとか」なされた行為にかかわる責任判断において、それが意志的になされたことかどうかが一般的なベンチマークになる。その「自由な意志」は能動性において現れる、と言われる。ところが、スピノザによれば、意志は自由ではなく何らか強制的な原因（受動性）に拠る30。そのように、自由意志は不可能だが、ものごとの必然性の法則に基づき、その本質を表現するかたちで行為するとき、われわれは自由（非受動的）である262。内在原因は能動／受動を超えてこそ自由を表現しうる。このスピノザの論点を辿るかたちで、ギリシャ世界では、エネルゲイア（遂行）に符合する能動態とパトス（経験）に相当する中動態だけが存在したという言語学者ポール・アンダーセンの見解が導入される。さらに、主語が動詞の指し示す過程の外にある〈能動態〉か内にある〈中動態〉かというバンヴェニストによる定義92を経て、西洋世界で意志や責任や人間主体といった概念が生まれる途上で、中動態から受動態が派生し、やがて、受動態が中動態に対して優位となりそれを抑圧するということが起こった。それは、〈言語と思考とが関係する可能性、中動態の抑圧がいまに至る哲学の起源にあるという可能性〉120であるというデリダの見解に合致する。

　どういうことか。「過程を実現する力のイメージ」が被覆されてしまった。あるいは、〈人は意志するとき、ただ未来だけを眺め、過去を忘れようとし、回想を放棄する。繰り返すが、意志は絶対的な始まりであろうとするからである。（中略）意志することは考えまいとすることである〉206という後期ハイデッガーの批判の標的であった「意志」が優勢となり、過去の忘却という圧力が亢進し、強制ではないが自発的でもない非自発的な同意の輻輳に身を委ねる事態への再帰性が失われているのだ。中動態を掘り起こすということ。それは、社会的な因果の機序がいよいよ見えなくなり、意志の背後に前提される能動態と対照的な受動態という仮装的な場所でスポイルされて非自発的選択を繰り返す循環を脱構築することだ、と曲解して置く。そういう選択認識の契機を呼び込むアルケオロジーである。

　翻って、文学や詩を択ぶ（択ぶ他ない）という必然のシークェンスはどんな風に描かれうるか。「中動態的存在論」のように、内在的な因果をパトス（経験）の中動性に布置しうるエクリチュールが、文学や詩に責任性を呼び込むことはあるか（なんちゃって）。中島哲也のフィルム「告白」は、中学一年の終業式後の崩壊した学級《ホームルーム》が舞台である。教員森口悠子（松たか子）の娘である真奈美は生徒の渡辺修哉（西井幸人）の仕掛けで気絶し、共謀した下村直樹（藤原薫）がプールに放り込んで死ぬ。「大切なものはみんな消えてゆく」とモノローグする修哉は、才気が溢れながら、真奈美の殺害もクラスメイト美月（橋本愛）の殺害も、直樹が母親を殺したことも全て「なんちゃって」と笑い飛ばす。彼の傲慢で不敵な非倫理的諧謔は少年法によってどんな責任からもリモートであるというアナーキーな楽観と張り合わされている。この自己防衛機制は幼稚だが図太く、容易には切り崩せない。では、森口はどうやって修哉に復讐したか。森口は、修哉が学園テロのために準備した爆薬を、修哉が恋慕のごとく愛着する「ただひとり大切な」母の勤める大学の研究室に運び、修哉が押した携帯のスイッチにより、母は爆死する。そのとき、はじめて修哉の言葉から「なんちゃって」が消える。「なんちゃって」が途絶えて、責任意識が現れるようなまっとうな条理はフィルムの外側にある。文学や詩や、批評という行為は、人間の葛藤を切り下げる「なんちゃって」の消失点と、全現実の非在の中心にある母=大洋の水準原点とをともに撃ち抜こうとする経験《パトス》であり、選択に他ならない。

北川透の個人誌「KYO峡」第12・13合併号には、「幻想の〈牢獄〉をめぐるノート」（副題、ミシェル・フーコー『監獄の誕生』、北村透谷『我牢獄』、太宰治『人間失格』など）という独立した批評文が掲載されている。表題から透谷論の敷衍的あるいは更新的な展開と想わせるが、重心は〈非行性《デランカン》〉を分節した現代社会の批判に在る。むろん、日本の現況認識と不可分である。被服のような世間にかかわる監禁（見えない大きな〈牢獄〉）、監視、不自由の感覚から始まる。太宰治『人間失格』において世間という共同性を表象代行する堀木と「道化」へと退避した葉蔵との関係から可能的な〈牢獄〉の稜線が現れる。転じて、北川はフーコーの『監獄の誕生』を導入する。幻想の〈牢獄〉が、われわれ自身の犯罪の潜在性の自覚において無意識に布置されること、現実的には、歴史的な再犯率の高さにおいて監獄という機能は失敗しているが、監獄が〈非行者〉をつくりだすというその失敗こそが、欲望と社会との境界域の矛盾と葛藤における（われわれ自身である）潜在的／可能的な犯罪者を〈非行者《デランカン》〉という認識の位相においてマーキングし社会全域を監視する「効用」／正当性へと循環する。〈監視社会の現前化による監禁状態の内面化が進み、幻想としての〈牢獄〉をわたしたちは不可避的に抱え込まざるを得ない状況になっている〉47

〈非行者〉は、自由民権運動の敗退を通じて北村透谷により《我牢獄》として日本近代文学に析出され、すぐに閉塞した。世界史の位相では、近代の普遍主義（平等、自由）が監獄を標準化し、犯罪=刑期（剥奪された自由、拘束時間）という経済的なベンチマークを設けた。一方、監獄の教育、更生の機能は、管理と監視のシステムとして社会全域に普遍化された。そのとおりである。ただ、この機序をたどるだけでは、犯罪、拘束、再犯という人倫において現実的かつ未決な課題、あるいは、共同体と法措定という思想的課題に対して、文学は後手に回ったままである。

だが、北川透は、幸福感の欠如と監禁の日常感覚から監視社会の抑圧を割り出した自らの思考の時間を、抵抗の契機へ繋げるかたちで、次のように記すのを忘れない。

〈詩や文学のクリエーティブなモティーフは、道徳や世間体、常識や習慣という、共通幻想の仮面をかぶった〈牢獄〉を疑うところにしか成り立たない。その意味では、文学や芸術の創造は、もとより〈非行性〉そのものではなく、権力と監獄が作っている、〈非行性〉の罠の戦略を、自覚するしないに関わらず解体するところにしか成り立たないだろう〉48

権力による監視と拘束を分節する走査線を解体すること。文学自らの布置を、歴史的社会的状況から文学（表現）へという一方通行的、疎外論的受動性から、状況の能動性（エネルゲイア）との対位において、その受動性が抑圧していた「過程を実現する力のイメージ」、すなわち、パトス（経験）を復帰させること。意志と責任という解釈領域から脱出することによって、文学という行動が再定義されようとする。

つまり、文学は択ばれる。何ものかの強制からではなく、関係をめぐる孤独や葛藤の果ての消去法的選択でもなく、自由と必然が交差する位相で文学は何度も択びなおされる。牢獄的状況の拡散を踏み堪える内在的〈非行者《なんちゃって》〉として、瑕疵ある批評的身体は、自己異化を削除し、世界に張り巡らされた罠を外しにかかるのである。

短歌時評 2

詞書について

土岐友浩

「歴史の呪縛から解放されるために、個の記憶をどのように役立てるか。」——と寺山修司は、福島泰樹の歌集『晩秋挽歌』（一九七四年）の栞文で読者に問う。

　寺山にとって言葉は、記憶を再生するための装置ではない。「個の記憶」はむしろ言葉によって体験から引き離され、修正を経て、ひとつの「物語」として編集される。

「たかが言葉でなら、王国の生成も消滅も、たやすく見とどけることができるし、一人の亡命者を書くことによって呼び出し、消しゴムで抹消することで葬ってしまうこともまた可能だからである。」

　たかが言葉、という寺山のシニカルな口調の裏にあるのは「王国」や「亡命者」の歴史を物語に書き換えてしまう「言葉」への信頼、あるいは畏れのようなものだと思う。

　今年の九月、川上未映子責任編集「早稲田文学増刊　女性号」が発行された。現在のありとあらゆる分野における「女性」をめぐる諸問題とその表現活動を網羅し、記録しておきたいという巻頭言の通り、小説、詩、短歌、俳句、エッセイ、批評、座談、グラフィックイメージなど、非常に幅広いジャンルの作品が収録されている。巻末には「フェミニズムと女性に近づくかもしれない23冊」と題されたブックガイドもある。

　本書が提起するもっとも大きな問題を一言でいえば、女性が「主体」としてものを書くことの困難さ、ということになるだろう。

　阿木津英が『イシュタルの林檎』等で論じたように、日本の近現代の文学はおしなべて「男性」をその規範としてきた。

「男性」の下に抑圧され、黙殺された人々に向かって、川上は呼びかける。「どうか『これは一度きりのわたしの人生の、ほんとうの問題なのだ』と表明する勇気を。」と。

　そして「言葉や物語が掬ってこなかった／こられなかった、声を発することもできずに生きている／生きてきた」、まだ誰にも知られてない「女性」。「女性一般」を語るのではなく、多様化する性と生き方、その可能性を探り、示すために、本書は世に問われた。

　では、詩歌はその問いに、どう答えたのだろうか。僕は詞書が多用されたふたつの連作に注目した。佐藤文香の「神戸市西区学園東町」と、今橋愛の「そして」である。どちらも詞書で自分の来歴を語っていくというスタイルが共通しており、文体も書き言葉ではなく、かなり話し言葉に近づけている。

　今橋の作品から、いくつか歌を引こう。

子を持つ気も
持てる気も全然しないこころで
あのころ
いばしょ　なかった。

生協の個配の発泡スチロールを
家の中に引き入れたら
ひとり

　第一歌集『O脚の膝』から、今橋は一貫して多行書きで作品を発表している。改行と字空け、ひらがな表記等によってもたらされる独特の空気感を穂村弘は「今橋愛という着ぐるみのなかに入ったよう」と評した。

　今橋は「いばしょ」もなく、「主婦」とも「ひきこもり」ともつかない、名前の与えられなかった存在として自分を振り返る。

　圧巻なのは、「高校はカトリック（彼女はカトリックが何かは知らないけれど）。朝と帰りにお祈りと歌。男女交際禁止。」から始まる長い長い詞書だろう。「彼女」とは今橋自身のことだと思われるが、判然としない。「彼女」は思い出す。本当のことを言うのが許されず「ぽろぽろぽろぽろと涙を流した」高校時代の自分を。強姦され、舌を噛んで亡くなったという姉妹校の生徒の話を。

「カトリックを心から信じているわけではないけれど　舌を噛んで死ぬことが、えらい

んやったら　なんか　かなしい。生徒は生きたらあかんかったんやろうか。確かにそんなことがあったら死にたくなるやろう。気持ち悪すぎるやろう。一瞬たりとも、受け入れたくないことやろう。けど。どうしてシスターは、そんなかなしいことをほめるんやろう。死んでしまった生徒の気持ちが　なんでわかるんやろう。もうこころも、からだも、止まってしまってるのに。違和感を言語化できひん。けど自分の違和感を尊重することはできる。ロッジに向かう車の中、わたしは想像する　噛みちぎった舌の太さを。想像する。想像する。苦しい。」

　今橋の意識はまっすぐに、自らの苦しみを語ることができないまま死んでいった少女へと向かう。

女ありけり
何かから解き放たれて
息をはきだす
40で　やっと

　佐藤文香や今橋愛の作品を読んで、僕は晩年の正岡子規が『ホトトギス』誌上で日記の募集を始めたことを思い出した。俳諧や和歌を革新した写生文運動を、さらに一般の読者へと広げるため、子規は人々に日記を書くよう求めた。自分の生活を、ありのままに書くこと。その反響は大きく、募集文章欄には一回に百五十通以上の投稿があったという。

　「早稲田文学　女性号」には今橋愛の他に井上法子、鈴木晴香、野口あや子、東直子、盛田志保子、雪舟えまが参加している。特徴的なのは、齋藤史、葛原妙子、安立スハル、栗木京子、早坂類という、先行する現代歌人の過去の作品が再録されていることだ。同時代の作品をフェミニズムの歴史に位置づけようという意図が伝わってくる。

　高浜虚子や島木赤彦的な規範から解き放たれ、いま、人々はようやく自分のための言葉で詠み、詠い始めることができるようになったのではないか――。本書の重みは、そんな手応えを与えてくれるような気がする。

＊

　角川「短歌」の二〇一七年一〇月号に発表された堂園昌彦の「都市が燃える（ある老作家へのインタビューより）」を批評するためには、まず、「モック・インタビュー」あるいは「フェイク・インタビュー」とでも呼ぶべき、そのユニークな作品形式から説明しなければならない。

　「都市が燃える」は、「はじめて本を書かれたときのことを教えてください」というインタビュアーの質問から始まる。

　「もう随分と前のことになると思いますが――」と、J・L・ボルヘスを彷彿とさせる「老作家」は語り出す。ただしインタビューとしてはやや奇妙なことに、各発言の頭にあるべき話者の名前は省略されている。さらに言えば、この「インタビュー」がいつ、どこで行われたかの情報も、どこにもない。まるでラベルのないカセットテープのように、両者の「声」だけが続いていく。

　それらの詩のうちいくつかは、当時の私の率直な気持ちが出ていますが、多くは見るべきものではありません。（中略）でもそれで構わないのです。

私は世界に溢れる文学それ自体を一種の森として見ています

。からみあい、もつれあいながら、自発的に成長を続けているのです。

　この太字部分が「短歌」である。実際の誌面では、より大きな活字で、地の語りとは明確に区別されている。ちなみに句点が改行されて行頭に来ているのは、誤植ではない。

　「私は世界に／溢れる文学／それ自体を／一種の森と／して見ています」と、定型に句切って読むこともできる。従って、たしかにこれは「短歌」であり、それ以外は一種の詞書であり、散文なのだろう。

一種の――、と僕がいま書いたように、「私は」とか「一種の」という言い回しは、しかし明らかに散文のそれである。いったいこの一行を、どのような「短歌」として読めばいいのか。読者は困惑とともに、老作家の「声」に耳を傾けていくことになる。

書物の示す道を歩めばまぼろしの金貨がいつも落ちていました
物語に意味などなくてただそれを生きることだけが物語になる
テーブルに積まれたコインがずれていくように記憶もずれていくんだ

老作家は「書物」を語り、「物語」や「記憶」を語る。その語りの中から、右のような短歌がおもむろに立ち現れる。すべての短歌はあるセンテンスの一部として存在し、そこから独立した短歌は、一首としてない。

散文と短歌とがセンテンスのレベルで地続きになった作品と言えば、たとえば斉藤斎藤のいくつかの連作や、いわゆる「偶然短歌」などを挙げることができる。もしくは余談のようだけれど、堂園が在籍していた早稲田大学短歌会では、伝統的に、歌人のインタビューを機関誌に収録することが多く、本作品のアイデア自体も、案外そんなところから来ているのかもしれない。

端的に言って、老作家は、やはり堂園の分身のように、僕には思えて仕方がない。たとえば「書物はそれ自体、一個の完結した生命体」であり、「書物の連関の中から、次の書物は生まれるものです」というくだりは、

君は夢中で道路の脇のカタバミを見ている　本は本から生まれる
『やがて秋茄子へと到る』

という堂園の歌を否応なく連想させる。

音楽のなかで初めて息ができ普通にふるまえる人がいる
「都市が燃える」

先の今橋の作品にも、「息をはきだす」というフレーズが出てきた。言うまでもなく、「息」とは言葉である。今橋は東田直樹の詩集から「言葉の海の中から居心地のいい場所を探している」という一節を引用している。今橋は言葉の海の片隅に、堂園は文学の深い森に、息ができる場所を求める。そこにたどり着くまでの、途方もない旅を僕は思う。

老作家はインタビューの最後に、ヒエロニムス・ボスらの絵画に描かれた「都市が燃える」イメージを自らの記憶に重ね合わせる。

「破壊される平穏、燃えている安寧、そうしたものが画家たちのイマジネーションを刺激したのでしょう。（中略）しかし私が思うに、現在ではこうした考え方はナンセンスです。たとえ都市が燃えていなくとも、破壊は起きていると考えるべきなのです。おそらく、私が図書館を辞めさせられ、妹が投獄されたそのときに、すでに都市は燃えていたのでしょう。いまになっては、はっきりとそのことがわかります。」

本作品は角川「短歌」の企画「新鋭１４首＋同時Ｗ鑑賞」に寄せられたものだが、評者二人のうち谷岡亜紀は全体的に高く評価し、高柳蕗子は、この結末部に疑問を呈しているようだ。高柳の表現を借りれば、短歌は「ありがちな詠嘆混じりの達観」で終わってしまい、右に引用した「最も重要な警告」は、詞書（散文）によって語られ尽くしてしまった。『森』は短歌を力不足と見なしたようだ」――というのが、高柳の結論である。

この疑問は、形式の成立そのものと関わってくる問題だろう。インタビューという形式を通して老作家の「個の記憶」が「物語」になっていく、その過程はスリリングだけれど、今橋や堂園の作品を短歌として鑑賞するかぎり、詞書は主従の「従」でしかない。

噛み切られた舌、まぼろしの燃える都市、短歌作品の中の、短歌ではないものによって提示されたそれらを、僕たち歌人は、どう読み、どう受け取ればいいのだろうか。

＊

塚本邦雄は二〇〇五年六月に没した。その年の秋、たまたま僕は東京で、福島泰樹の絶叫コンサートを聴きに行く機会があった。

　黒シャツ姿の福島は、塚本への追悼として「少女死するまで炎天の…」「固きカラーに擦れし咽喉輪の…」などの歌を朗読した。どこまでが台本なのか、春日井建や寺山修司、そして福島自身の歌が、作者名もよそに次々と絶叫され、渾然一体となっていったその朗読を、僕はなかば茫然と聞いていた。


二日酔いの無念きわまるぼくのためもっと電車よまじめに走れ

　この福島の代表歌を、僕はずっと滑稽な歌だと思っていた。電車に「まじめに走れ」と呼びかけるのは、不真面目な青年が悪態をついているようにしか見えなかったからだ。

　しかしこのコンサートでこの歌を「絶叫」されたとき、僕は反射的に、ここに詠まれた「電車」とは、イコール「社会」そのもののことだったのだと、直感した。直感させられた、と言ったほうがいいかもしれない。

　あの体験をいま言い直せば、こうだ。僕はそれまで福島の歌を、散文的にしか読んでいなかった。僕は福島の「声」を通して、「電車」という言葉の向こうに暗喩としての「社会」を見た。冒頭に引用した栞文で、寺山は福島の歌集を、こう評している。

　「かつて、かの定型が「奴隷の韻律」として政治権力へ奉仕したことを、福島はよく知っているし、同時に、少女たちの自己形成期に、自己肯定のなぐさめ文学として機能したことも福島は知っている。そして、それら負の要素を、どこまで武器としうるかという試行が、この歌集でなされているのである。したがって一首を抽いて、解釈するのは礼を欠く。」

　短歌が「個の記憶」から紡がれる物語だとすれば、そのフィクション性こそが、その背後の「歴史」そのものを、まざまざと現出させてしまうこともありうるだろう。

　言い換えれば韻文における暗喩とは、散文における暗喩と、おそらく決定的に異なるものなのだ。言葉によって「歴史」を書くことはできないとしても、その存在を指し示すことはできる。「都市が燃える」から印象的な、まぎれもない韻文として一首を引こう。


街中の冷蔵庫には涙が涙が涙が涙が涙が貼りつけてある

　詞書は、時として短歌の引用をそれとなく拒んでいる。もしも短歌が、そもそも本質的に一首を引用して何かを語ることなどできないものだとしたら、解釈とは、どうあるべきか。それは批評の側に残された課題である。


【編集部より】

ご寄贈は以下の送付先に直接お送りください。

【詩集時評】
倉田比羽子
〒二一五－〇〇〇四
神奈川県川崎市麻生区万福寺
三－一二－二－一一三

【詩誌時評】
松本秀文
〒八五〇－〇〇二二
長崎県長崎市馬町四六
サニーヒルズ四〇一号室

【詩論時評】
宗近真一郎
〒一八五－〇〇二二
国分寺市東元町三－三－九

【短歌時評】
土岐友浩
〒六〇三－八〇五三
京都市北区上賀茂岩ケ垣内町一三－三〇三

【俳句時評】
上田信治
〒一五一－〇〇六二
渋谷区元代々木町四五－一
ヒューリックコート元代々木三〇九

俳句時評 3

俳句の「凄玉」

上田信治

今、もっとも活動量の多い俳人の一人に、北大路翼がいる。

彼は、現存の俳人とまったく違う方法で、自らの「俳句」を展開している。

「俳句」とカッコに入れたのは、テキストとアクションに等分に重みを置いた彼の「俳句」が、俳句の多数派が考える俳句とは、同じ言葉でも中味が違うからだ。

「新宿歌舞伎町俳句一家屍（しかばね）派」というのが、彼の率いる集団の名称で、本人は「家元」を名乗る。

「横浜市生まれ。小学五年頃山頭火を知り自由律俳句をマネたモノを作り始める。反抗期に俳句がぴったりと同調。高校在学時今井聖に出会い「街」創刊入会（…）」

二〇〇九年刊のアンソロジー『新撰21』掲載の略歴から引いた。

『新撰21』

告白は嘔吐の如し雪解川
レジ打ち終る寸前アイス持つて来る
手に受けし精子あたたか冬の夜

現代風俗と性、そして自己劇化をモチーフとする作品で、早くからユニークな存在だった彼は、二〇一〇年頃から、新宿歌舞伎町の人になる。

現代美術家・会田誠やChim↑Pom（チン↑ポム）と交流し、会田が新宿での拠点としていた「芸術公民館」（歌舞伎町のビル三階の八畳ほどのスペース）に、いつもいる人になった。そこで出会った作家・石丸元章（石丸は、雑誌「EN-TAXI」で角川春樹の句会に参加。角川と師弟の契りをかわしている）と、俳句を即興で詠みながら町を歩いた。繰り返し行われたその吟行を撮影、ネットで動画を流し、またツイッターで実況した。

二〇一二年には「芸術公民館」を、会田誠から譲り受け「砂の城」と改名する。

即吟した俳句を、四六時中ツイッターで流すようになったのも、この頃だ。「日日更新中！　一年一万句！」と句集の広告文にあったけれど、あながち誇張でもない。

「砂の城」に集まるメンバーが俳句に興味を持ち、自然発生的に句会がもたれ、彼をリーダーと恃む集団が生まれた。

そういった活動から生まれた、二〇一五年の第一句集『天使の涎』は、収録句数が千六百句を超える（二千句ともいう）。通常の句集が、二百句から多くて五百句からなることを考えると、常識外れの量だ。

『天使の涎』

太陽にぶん殴られてあつたけえ
先客にハゲデブオタクスイトピー
ぺんぺん草をつさんは気が短けえんだよ
アイリスの原色に会ふ貧しき日
揺れながら鼻毛を抜けば海匂ふ
木刀で入れるスイッチ扇風機
鉄板に油をひいて渡り鳥
春の雲は全部餃子だ焼いてくれ
葉桜や今年の誕生日も過ぎて
ビール二本暗くなるのを待つてゐる
レジ袋要りますエリンギ大きいもん
かき揚げのやうなもんだろクリスマス

句集は、高橋源一郎や千葉雅也が言及するなど、俳句の枠を超えて話題になった。俳壇一般に歓迎されたわけではなかったけれど、四ッ谷龍らの支持を得て、四十五歳以下の俳人の句集に与えられる田中裕明賞を受賞した。

二〇一七年には第二句集『時の瘡蓋』と、屍派アンソロジー『アウトロー俳句』が出版された。作家本人の雑誌テレビ等への登場も増え、メディア的に、北大路は俳句の「顔」の一人になった。

従来の俳句の枠に収まらない作品と活動は、彼が、現存の俳人と俳句愛好家からなる言説空間を、はじめから相手にしてこなかったことの帰結だ。

第一句集以前の彼は、既存の俳壇に対する軽蔑と、それでも書くしかない自分、そして俳句に対する敬意と愛着といったものに、なんとか折り合いをつけようとしていたと思う。

　彼は、田中裕明賞の受賞のことばとして「(『天使の涎』は) 従来の句集の慣例に悉く叛いた」と書きつつ、スピーチでは「今回の受賞が僕をどれだけ救ってくれたか」「こうやって何とかぎりぎり指一本だけでもね、俳壇に食い込めたというのは非常に嬉しく思っております」と心境を語っている。賞側へのリップサービスも含まれているだろうけれど、彼の、俳句へ向かうアンビバレントな感情がうかがえる。

　彼の風俗的モチーフは、彼を「反」俳句的存在として、俳句の世界に立たしめた。

「一般読者を意識するやうになつたのは、「屍派」を立ち上げてからである」(田中裕明賞受賞のことば) と彼は明確に述べているけれど、歌舞伎町に出会って後、北大路翼は、みるみるポピュラリティを獲得していった。

　彼の「反」俳句は、俳句世間の外に出してみれば、ふつうに「反」良識であり、十分にエンターテインメントであり、文芸であったのだ。

『アウトロー俳句』

司教様海鼠はそこに入りません　二階堂鬼無子
ゆっくりなら火箸でも大丈夫　とうま
呼吸器と同じコンセントに聖樹　菊地洋勝
湯たんぽの中に眠れぬ猫がゐる　地野獄美
駐車場雪に土下座の跡残る　咲良あぽろ

　編者である北大路の短文は、歌舞伎町に集う彼らがはみ出し者の不良であること、それぞれがじつに魅力的なキャラクターであること、そして、彼らの俳句に少なからず自己救済の意味があることが、語られている。

　それは、北大路自身の物語でもある。

＊

　彼は、ごく初期のころから、書くことで自分自身を物語化しつつ生きようとしてきた。

　web雑誌「週刊俳句」で、当時、学生俳人だった谷雄介が中心になって、北大路について小特集を組んだことがある（二〇〇七年十一月十一日号）。「週刊俳句」を運営する西原天気は、特集を受けて、自身のブログにこう書いた。

　翼さんという人のことを私は何も知らない。実年齢もわからない。俳句を読むのもはじめてである。そのうえで、私はこう理解した。

　「この人は、自分の時間を20歳で止めたのだ」

　そう思えば（…）THCの20歳前後の若者たちの翼さんへの憧れや親愛も、よくわかる（…）翼さんは、老いることがない。時間を20歳で止めたのだから。

　憧れの存在となって当然だ。だが、彼らはきっと翼さんのようにはなれない。なれない、と知っているから、翼さんに憧れ、愛するのだ。

（ブログ「俳句的日常」より）

　十年前の北大路翼の立ち姿の秀逸なスケッチだと思う。

　彼は、昔から「伝説の先輩」として「北大路翼」のリアルタイム伝記を生きてきた。彼が俳句を吐き続ける、そこには存在の明滅があって、それを読み手は即時性同時性をもって受け取る。

　存在自体が作品。「職業・存在」「職業・レジェンド」のようなありようは、かつての三代目魚武濱田成夫を思い出させるけれど、魚武のように全てがフェイクではないはずだと思われるのは、簡単に流れて消えはしないだろう句があるからだ。

＊

　俳句には、自己の物語化を寸時に受けとめて、濃縮した私小説のような世界を作る機序がある。

まつすぐな道でさみしい　種田山頭火
うしろすがたのしぐれてゆくか
咳をしても一人　尾崎放哉
墓のうらに廻る
陽へ病む　大橋裸木
ずぶぬれて犬ころ　住宅顕信

北大路の俳句の入り口でもあった自由律俳句は、成功することの少ない困難な方法だけれど、何人かの圧倒的な作家を生んだ。

彼らはなぜか、貧困、孤独、病気といった人生上の困難にさらされている。そして、つらすぎるもの、ダメすぎるものが、自由律俳句では輝きを放つのだ。人生上の「つらさ」が審美化されたときの振れ幅を、自由律俳句は必要としているらしい。

書き手の悟りとか境位のようなものを「内容」とする作品において（たとえば、私小説というのはそういうものだと思うのだけれど）、俳句の短さは、その人の混じりっけなしの「境位」を、出しやすくするのだと思う。

そして「アウトロー俳句」は、そういった自由律俳句の特質を、大乗仏教よろしく、大衆化したようなものかもしれない。

＊

人生上の逸脱や困難をテーマにした俳句には、自由律以外にも、もちろん多くの先蹤がある。

我が肩に蜘蛛の糸張る秋の暮　富田木歩
夏みかん酸つぱしいまさら純潔など　鈴木しづ子
何もなく酢牛蒡に来し日のひかり　下村槐太
ヘルパーと風呂より祖母を引き抜くなり　関悦史
全人類を罵倒し赤き毛皮行く　柴田千晶

歩行困難であった木歩、ダンスホールのダンサーになったしづ子、ずっと生活不如意であった槐太と、さすがに迫力のある句が並ぶ。関の介護も実体験だし、柴田の句は、異色だが、東電ＯＬ事件に取材したものだ。

これら絶唱と言っていい句と並べると、北大路の次のような句は、世評は高いが、いかにも軽い。

簡単に口説ける共同募金の子
春霖や君のおしつこなら飲める
ウーロンハイたつた一人が愛せない
キャバ嬢と見てゐるライバル店の火事

いや、というか、これらの句は、はじめから、フィクションとして書かれている（少なくとも、フィクションと見られてかまわないという前提で書かれている）。

彼自身「田中裕明賞」の受賞パーティで「（第二句集の刊行時期の話からの流れで）俳句だったら嘘でもいいんだ。嘘でもいい。楽しませりゃいいんじゃないか」と発言している。

彼の俳句は、俳句を「自我とリアリズムの器」とする近代的文学観からすると、シリアスなものではない。つまり北大路は、俳句の伝統的かつ因襲的な性格と、近代文学的な真面目さの、両方に「反」（アンチ）の立ち位置をとっている。

＊

その志向するところは、おそらく、集団性を生かしたエンターテインメントとしての「俳句」ということになるのだけれど、その先例として、かつて「東京ヘップバーン」と名づけられた活動があった。

その中心、黛まどかは、まず角川俳句賞の奨励賞（一九九四年）を受けて、短歌の俵万智に対抗するようにして、俳壇に押し出された。同年、彼女は、メンバーの全員が女性かつ初心者という俳句結社「東京ヘップバーン」を立ち上げる（二〇〇六年終刊）。

翌九五年に刊行された同名の作品集は、帯に「せつない恋・いけない恋・なくした恋をセキララに詠んだ十七文字のラブソング集」とあった。

旅終へてよりB面の夏休　黛まどか

空青すぎて桜貝こはれさう
兄以上恋人未満掻氷
恋人を待たせて拾ふ木の実かな
別のこと考へてゐる遠花火
水着選ぶいつしか彼の眼となつて

プロパーではない受け手を想定した表現が、たちまち通俗的になること。黛まどかはその弊をまぬがれなかったわけだけれど、それは、俳句のみならず、大衆的享受を基盤としない表現全般の課題だろう。

＊

北大路自身と「屍派」の句の多くも、はじめからフィクションやフェイクをたっぷり含んだ「遊び」として詠まれていて、その多くは通俗の域を超えない。

そういうエンターテインメントとしての「俳句」、活動自体に意味がある「俳句」をやっていることは、彼もメンバーも、重々承知なのだから、そこにはなんの矛盾も欺瞞もない。

しかし、北大路の俳句に対する真面目は、エンターテインメントとしての「俳句」に、近代文学的なそれと同根にしてまた別のシリアスさを生き延びさせることにあるはずだ。それがなければ、彼の「俳句」活動は、俳句を名乗って、俳句の蓄積にタダノリをしていることになる。

＊

彼の第二句集『時の瘡蓋』も、句数は千句を超える。

『時の瘡蓋』
団扇しか持たぬ男についてゆく
紫陽花が汚い自動車教習所
漠然と抱きたい秋とか昔とか
食用菊は真つ暗な海の味
馬に化けてよ流星を拾つてよ
洋食はみんなごちそうカキフライ
普通の人台風の日に家で死ぬ
ルールさえ守ればコスモス畑なのに
天才もバカも退屈冬に入る
木に匂ひ風にかたちや冬日差す
談志が死んだ日霰かよ痛えな

田中裕明賞の選考で、小川軽舟が「千句百句あるのか知りませんけど、わずかにあるいい句を並べるとすごくいいんですよね」「でもいい句だけ三百句にしたら、この句集の面白さになるのかっていうと、まあそうじゃないかもしれなくて」と述べていた。

いまここに十一句を引いたけれど、たしかに、みな「すごくいい」句だと思う（もちろん、これはごく一部だ）。

しかも、これらの句は、北大路翼の固有性を伝える以外のことをしていない。つまり、ふつう一般の俳句のよさに依拠せず、オリジナルの価値に達している。

自分は、昨年刊行のアンソロジー『天の川銀河発電所』の解説で「結局、北大路さんじゃなくても成立する句がいいような気もするんだ」と発言した。それは〈アイリスの原色に会ふ貧しき日〉〈馬に化けてよ流星を拾つてよ〉のような、戦後俳句を思わせる文体の句を念頭においての発言だったのだけれど、どうも間違っていたようだ。

彼の厖大な句群から、わかりやすい「反」良識や劇画的なスケッチの句を（そこが彼の受けどころなわけだけれど）いったん取りのけてみる。と、そこには、さみしさと醒めた目と若干の乱暴さからなる実存があらわれる。

作者の固有性ということと矛盾するようだけれど、これらの句は、もはや北大路翼という主人公の名前を必要としない。

それは彼が自己演出とエンターテインメントを千句以上やり倒した果てにあらわれるもので、俳句という詩型自体が、彼という固有性を舞台として自己運動をした結果なのではないか。

それを、伝統派の俳人は、もったいぶって「俳句の恩寵」と言ったりする。

投稿詩入選作品

月のなかの鳥

あおい満月

私の瞼に咲く花は
いつも明るく黒い色をしている
明るい黒い色は
ナイフで切り刻まれた
唇の笑顔になって
翼のようにひろがっている
空を見上げては
飛びたがっている
私の明るく黒い花は
目に映る世界を飲み込んでいく
私はそれをとても嫌がった
飲み込み続ける明るく黒い花の手を
掴んで引きちぎろうとした
その瞬間、
引きちぎられた花の手の切り先から
別の花が生まれた

＊

その花は色のない虹色をしていた
触れてみると少し痛い
色のない虹色をした
花弁にふれた指先から
血が滲み出た

＊＊

血のなかには
耳のような目があった
耳のような目は
私の目の声を聴いていた
私の声のなみだを食べては
架空の夜に咲く月になって
鳥を育んだ

＊＊＊

架空の夜の月の体内で
育てられた鳥は
大きな目をしながら
既知のなかの未知をみていた
ようやくやってきた
硝子越しの空から
飛び立とうとした瞬間
瞼のなかに

なつかしい
明るく黒い花を咲かせた

（山田／北爪・選）

標本

佐々木貴子

どの道を歩いても展翅板に繋がっていた。すべてを赦そうとして青空が頷いている。軋む展翅板。正確にわたしの歪みを指摘する。食欲も狂った時計も立ち上がり、早く、と促す。長い夢が終わるのか、また夢のための一日が始まるのか。誰も教えてはくれないけれど。

毟り取られた羽の痕跡。残っていた触角。振り向かれることなく、誰にも持ち上げられなかった脚が、わたしを丁寧に思考する。正確になりたがる狂った心臓。すべて赦せという、お告げ。どんな針でも怖くはない。この痛みなら耐えられる。誰もが知る痛みだけれど。

垂直に針を刺す手もふるえる。繰り返される軋みの中に、わたしが溢れる。すべて正確に焼きつけておきたかった。身体はこれから針山になる。狂った針を刺すたびに一人ずつ赦していきたい。何人、赦すことができるのだろう。誰もわたしを赦してはくれないけれど。

針はこんなにも軽いのに、赦せないものが重すぎる。現実の何もかもを滞らせても、喜んで、美しい標本を欲する人々。どれだけ針を刺しても血の出ない身体と、わたしの幸せ。わたしには、もう何本目の針なのか数えられない。誰も数えようとはしない針だけれど。

（山田／北爪・選）

彩り

井上高萩

風が吹くと体が傾く、顔を俯く
軒の朴の木、葉擦れ、枝の間抜け、頬蹴り
このまま流されて、流れて行き着こう
遠く記憶の奥、その向こう側

蚊取り線香の燻る縁側に寝転ぶ
秋過ぎ冬移り、煙はなお空ら空ら回っている
いつの間の白い渦
そんなふうにうつつと春は終わる

飛ぶ鳶の翔る、その裂創跡の地を陰る、滑翔
高く鳴く、高く描く、深く掻く
サークル、サークル、サークル
山の端越え、深くに高く
遠ざかる、遠ざかる、遠ざかる
小さく、小さく、小さく

人、人、人と津波うち寄る、越え得ぬ傾斜面
木と木の際、人湛え、堪え、絶え
暮れる人溜まり、群れは押し黙り
黒黒く闇を怖じる、雨止みに目を閉じる
木燃す、火灯す
延焼する

一人、感情の焼け野原で焦げ土の下に言葉を
　掘る
煙り透く空は、湿りと青墨流し
彩りはどこ吹く風か

（北爪・選）

夜の半分

堺　俊明

真っ暗で冷たい
選ぶことができない
体温はかじかむのを保つので精一杯だ

嫌いだと言って
今日を明日に繋ぐ言葉を
思い出そうとする

まくらが最初に温かくなり
次に胸元と首筋が
手足の先端は眠りにつくころ
遠くからの血液の循環で
ようやく温められる

冷蔵庫のモーター音と
エアコンの軋む音
句読点の中にいるような夜

カーテンを少し開けると
月の光が見える
今にも雲に隠れてしまいそうな
隠れてまた見え出してくる
窓際で夜空を見上げながら

この柔らかな重さの
羽毛を与えてくれた
鳥たちのことを
考えた

冬を深く吸い込む
喉の痛み
眠る前
おそらく今日最期の

息の白さの中に
微かな埃が降りてくるのが
見えて

言葉少なく
夢の中では過ごしたい

読みかけの本の表紙に
月明かりが届いても

（山田選）

睦月

鎌田尚美

クリスマスの職安通りをあるくサンタクロー

スはうつむいていて
歳末の新聞広告の尋ね人欄にはウォーリーが
　もう捜さないでって
優しくたたかうと名付けられた子が零才で元
　旦に亡くなった
よいおとしをも
あけましてをも
いいたくなくて
ちきしょう　ちくしょう　こんちくしょう

愛されたくて生まれてきたんじゃないと云っ
　てみて
ふとんをかぶると
生きてていいの　生きてりゃいいのと
頸動脈は咲ってる
電球で暖をとる羽虫の背をなでてやろうと手
　をのばすと
人差しゆびにしがみついてきた
むつきが沁み　拡がってくる
睦月

（北爪・選）

隠頭花序

白島　真

一枚の写真が感光する前に
なぜ、と問わねばなりません
昭和のアーチのある玄関
を借景として
あなたは微笑んでいます
庭の無花果が熟れ過ぎて
無数の種子が大地に零れる前に
私は語らねばなりません
なぜあなたは亡くなる前に
私の名をうわごとのように連呼したのですか

父よ　私はあなたが植えた無花果の苗です
庭の無花果は毎年見事な実をつけましたが
私の実は寂寥の種を宿して
季節のなかで風の名前を探し続けています
あなたの享年を一回りも越えてしまった今も

車の設計士として生きた父よ
戦後の荒涼とした土地で姉と私を生み
アーチの傍に飾られた日章旗は
ただ正月を祝うためだけだったのでしょうか
父のどんな人生設計のもとで
私は生かされてきたのでしょうか

私には庭がありません
この生き方を自ら選んだのです
無花果の種と思っていたものが
じつは花だと知った驚きのように
ぼろぼろと零れ落ちていくもの
抱きしめても抱きしめても
なお花房ふかくに滲みてくるもの
だから
無花果の実をザサリと噛み砕くのです
いのちという名のアーチの傍で
父が微笑んでいます
私は感光されかけて
顔がよく見えないのです

（山田・選）

連環

藤原　游

移ろう雲の印影は試験管の中
黒い鉄塔は空白に沈殿する
光芒は蜘蛛の糸であったか
攪拌して導き出す数式
透明な硝子の歪みに等号する
反転する無機質な建物に生物はなく
ただひとつ遮光する枝のエトピリカ
迷い込んだ浸透圧を越えていく
浮遊する鱗を携えて飛行しない船
切り取り線の映した水溜まり
灰色の地平線から降るサボタージュ
憂鬱な茂みに咲く一輪の
匿名の手紙を添えて滴る記号が
喃語と同じ発音で開かれる
唖、から終わる喜劇的な殺人
回顧する胎内と深海のイマージュ
加速する退化と伐採された都会の夜空

名前のない恒星を蒐集する
ネオン街で眠るライオンの群れは
空腹のまま明け方の鴉に嫉妬する
白濁した眩暈と傾斜していく肩
温かい接触と粘膜の馴れ合い
薄く開いた唇はモンシロチョウの翅
銀の懐中時計の中で萎びていく花弁が
夏の墓石をしんしん冷やす
弾痕から着火される黄緑色の発光
卵くらいの大きさから握り拳へと広がる
透かした静脈は潤った花弁の輪郭を
あてどなく分岐する
緩ゆると紋白蝶が網膜を剥離する

（北爪・選）

思いの断片

夏生

さよなら
が
届いた日

思いの断片が
舞い上がり
心の奥底に
積み重なった
鼓動の響きに
いくつか
こぼれ落ちて

さみしさに
震えながら
こぼれ落ちた
断片を
拾いあげた

捧げるには
花がなく
添えるには
つたない

置きどころは
この手の中

断片をつなげて
編めば
あたたまるか
輪をつくれば
飾れるか

考えては
やめて
両手いっぱいの
思いの断片を
強く
抱きしめた

（山田・選）

選外佳作

佐野豊「デイゲーム」
夏生「思いの断片」
いのうえあき「開かれて」（以上北爪・選）
佐野豊「デイゲーム」
鎌田尚美「睦月」
吉澤俊「シシュポスの傍白」（以上山田・選）

投稿詩選考評

本人をするりと離れて言葉に溶け込む

北爪満喜

ほとんど疑いなく主体として詩を書くことが、ここにきて相対化されてきた。女性たちの言葉が本人をするりと離れて、詩の言葉でイメージを生きだし、言葉の風景こそが存在になりだしたようだ。書き手は言葉のイメージに溶け込んでゆく。人の枠は外れて言葉しかないのだ。その変容のぎりぎりさと誠実さに目をみはる。

あおい満月「月のなかの鳥」は、言葉が次々素早く変容する。言葉がイメージを力強く乗り継いでゆくのだ。乗り継ぐことでしか簡潔に言い表せない有りようがある。それは彼女たちの生を取り巻いているもやもやとした暴力なのかもしれない。詩だからこそ切り抜けられた書き方を見る思いがする。「明るい黒い色」から発して「耳のような目」が「私の目の声を聴」き、「架空の夜に咲く月になって／鳥を育んだ」という展開は、くぐり抜けられた手応えが強くある。

藤原 游「連環」は表題のままに、思念を浮き上がったイメージに素早く落とし、文脈や意味ではなく、イメージに載せることで言葉の世界となって、自己の内の言葉の空間を連環させる。連なりから醸し出されてくる質感は独白のようでありながら、現実の陰影ある場面と密接に繋がっている。だからこそ、言い置くことで現実を対象化し、切り開いてゆく切実さが見える。そしてそこに力がある。「浸透圧を越えて」ゆき「飛行しない船」を見つつも「憂鬱な茂みに咲く一輪の」ざわめきを獲得し、羽ばたくことへ傾く。「紋白蝶が網膜を剥離」し見ることをしなやかに解き放つ。

佐々木貴子「標本」は「わたし」が分裂して語ってゆく。標本と成らざるを得ないことを引き受けている一連目の「わたし」。二連目ではすでに標本となり羽のあった何かに溶け込んで「わたし」は心情を訴える。三連目では「わたし」は針を手にして刺す者であり、同時に針を刺される身体でもある。針を自身に刺すきしみのなかに対象との記憶を留め、痛むことで赦す。だが更に外部に分裂した「わたし」がいる。「狂った針」と見定める意識が四連目では標本化される者を消費する人々に言及。分裂の孤独が突き刺さってくる。

鎌田尚美「睦月」は、まずうつむくサンタクロースに同化し、新聞広告の尋ね人欄に溶け込む。「クリスマスの職安通り」や「もう捜さないで」の呼び水があって初めて「零才」の死、に向き合えるのだ。主体を離れ、同化したり溶け込むことが、人にとってどういう意味を持つのか、この詩を読めばさすがに理解を得られるだろう。嘆きではなく、言葉にすることで嘆きを越える現場を見て欲しい。

井上高萩「彩り」は、風に流されて行き着こうなどの受け身に反して、抑えられた詩句のテンションが高い。リフレインは吃音と見紛う。「飛ぶ鳶の翔る、その裂創跡の地を陰る」など風や空や鳥のいる山野の風景になぞらえながら、人間関係の困難や、そこに生きる実感が言葉に込められている。「一人、感情の焼け野原で焦げ土の下に言葉を掘る」は、前の連の「延焼する」が響くので収まる。ただ「彩り」は自身を置き去る外の状況の比喩なのか少し曖昧だ。

佐野豊「デイゲーム」はトリックアートのように仰向けで釣り糸を海に垂らす。「きみとかけまして」の所が苦しい。「きみ」が出たなら、自嘲的余裕が失せて体が持ってゆかれ床に落ちるへと繋げては。

夏生「思いの断片」は「思いの断片」をモノ化する方向が良かった。「さよなら／が／届いた日」を生かして紙として出すと、7連目の曖昧にイメージがずれるのを防げて、最後の連が生きるのでは。

いのうえあき「開かれて」は壁に描かれた多くの扉が入れ子状という着眼点がよい。扉を覗くと現れるものが行為者の生の記憶なのか、絵の断片の記憶なのか分からない。段落ちの連は素晴らしい。

変容の詩

山田兼士

詩の使命の一つは、身体的にせよ精神的にせよ、できるかぎり具体的なイメージをもって、変容の在り方やプロセスを示すことにある、と考えている。今回投稿された作品の中にも、すぐれた変容詩篇がいくつかあって、楽しく読ませていただいた。

あおい満月「月のなかの鳥」は、瞼→花→血→月→鳥→花という変容がスピード感をもって語られていくプロセスが鮮やかだ。時に「明るく黒い」「色のない虹色」といった矛盾語法を用いることで超現実のイメージを描き出し、不穏な雰囲気を湛えつつ淡い抒情を醸し出し、最後は冒頭から少しずれた地点へと着地する。言葉の運びが非常に良く練られていて、途中から用いられる過去時制のリズムとともに繊細なメロディを奏でている。タイトルはこれで良いのか、という疑問は残るが（イメージの中心は鳥よりむしろ花だと思われるので）、端正な中にも起爆力をもった変容詩篇だ。

佐々木貴子「標本」はちょうど六行ずつ四連構成の端正な散文詩。主題は「標本」に変容した「わたし」とその「標本」に針を刺す「わたし」の鋭い葛藤だ。主体／客体の二重性を自らの身体によって引き受けざるを得ない状況とは、ある切羽詰まった心情の喩として読むべきだろう。たぶん自虐、というのとは違う、思想的述志が暗示されている。その志の具体的なかたちは語らずに、あくまで暗示に留まるのは、きわめて戦略的かつ詩学的態度といえるだろう。

白島真「隠頭花序」は、亡父への追悼を庭先の無花果に託して書かれた追悼詩。自らを無花果の種に変容せしめることで不孝を嘆いているかのようだが、そこには単純なセンチメンタリズムを越えた切実な批評精神が潜んでいるようだ。戦中戦後を生きた父の「人生設計」が「日章旗」で飾られていたことの意義を深く考えさせようとの意図が込められた挿話が、その批評精神を暗示している。「庭」をもたないことと「実」を噛み砕く行為にも寓意が込められているのだろう。ありていにいえば一種の個人主義ということだろうが、その生き方が「感光」という語にも秘められているように読まれる。

夏生「思いの断片」は「さよなら／が／届いた日」という冒頭がまず印象的。具体的には手紙かメールといったところだろうが、その言葉に反応した「思いの断片」をあたかも物質であるかのように、拾いあげたり抱きしめたりする行為は、切なさを通り越した切実さを感じさせる。感傷的であることもまた、優れた抒情詩の一条件であることを思い出させてくれる作品だ。

堺俊明「夜の半分」は、不眠の夜を「夜の半分」と呼ぶセンスがまずきわだっている。いくぶん辿々しい表現も見られるが、かえって半睡状態の虚ろさを強調しているようにも読まれる。夢の中で「言葉少なく」過ごすことを望む、ということは現実世界では言葉にまみれて生活していることを示しているので、作者の生活実感にも繫がっていることがわかる。さりげない表現の中に作者の生活態度が見え隠れしているような作品だ。

以下は佳作より。

佐野豊「デイゲーム」もまた不眠を扱った作品だが、海釣りのイメージがやや作為的すぎて、感覚的リアリティを損ねているのが残念。面白いイメージなので、いっそ不眠と切り離して独立した夢想譚にすればユニークな作品になりそう。

鎌田尚美「睦月」は、サンタクロースへの変容がもたらす憐憫と共鳴が乾いた筆致で描かれた佳作だが、タイトルと同じ語句での終わり方にいくぶん安易さが感じられて残念。

いつも独自の散文詩を寄せてくれる**吉澤俊**の**「シシュポスの傍白」**は、無益な労働に苦しむ現代人を寓意化した作品と思われるが、いささか観念的叙述に終始している印象が拭えない。あと一歩の踏み込みが必要。